张郎郎 著

大雅宝旧事

图书在版编目（CIP）数据

大雅宝旧事／张郎郎著. —北京：中华书局，2012.1
ISBN 978 - 7 - 101- 08256 - 2

Ⅰ. 大…　Ⅱ. 张…　Ⅲ. 散文集 — 中国 — 当代
Ⅳ. I267

中国版本图书馆 CIP数据核字（2011）第 204788 号

书　　名　大雅宝旧事
著　　者　张郎郎
责任编辑　李世文
出版发行　中华书局
　　　　　（北京市丰台区太平桥西里 38 号 100073）
　　　　　http://www.zhbc.com.cn
　　　　　E-mail:zhbc@zhbc.com.cn
印　　刷　北京天来印务有限公司
版　　次　2012 年 1 月北京第 1 版
　　　　　2012 年 1 月北京第 1 次印刷
规　　格　开本 /880×1230 毫米　1/32
　　　　　印张 8⅝　插页 2　字数 150 千字
印　　数　1-8000 册
国际书号　ISBN 978 - 7 - 101- 08256 - 2
定　　价　28.00 元

目　录

自　序

这本书，我已经写了很久了。第一次是一九八〇年，我刚到香港的时候，觉得终于可以写那个一直想写的故事了，就是我们小时候的故事，多梦时节的故事。于是，我开始慢慢写出来，陆陆续续发表在《观察家》杂志上。可是，写着写着就写不下去了，原因有二：第一，那时候我还把握不准叙述的分寸和语言，甚至自己也没明白那个故事究竟在哪儿。第二，那时候，你讲一个真实的故事，一不留神就伤了谁。因为你写的大人小孩不一定都高兴。于是，我就先停了下来。

差不多十年以后，黄永玉叔叔写了一篇纪念李可染先生的文章，精彩地描述了我们大雅宝。我看了以后就到黄叔叔、黄妈妈家喝茶，黄妈妈就是梅溪阿姨，她是个文学家。

我说：那篇文章写得实在太有意思了，只是还是太短，你应该写成一本书才行。黄叔叔说：你梅溪阿姨一直想写一本关于大雅宝的故事，书名都想好了，就叫《小白帆》，可是一直没有开始。梅溪阿姨对我说：真的，咱们应该写写，我以后会写的。你年轻，更应该写，你不是已经开始了吗？我赶紧说：是啊，是啊。

于是，我就似乎有了个使命，有了个承诺，磨磨蹭蹭终于把这本书写完。其实这本书是过去黄叔叔散文的伸延，是对大雅宝另一个视角的解说。

我自幼生长在北京，住过很多胡同，对北京不同的地方有不同的记忆。来到海外年头长了，那记忆就更加清晰。听说那些胡同和古迹都在迅速更新之中，我就想用自己的系列纪实小说，给北京勾点儿白描的画片，以此留念。

我想自己至少还可以继续写《先农坛旧事》、《景山东街旧事》、《白家庄旧事》、《香山·圆明园旧事》、《帅府园旧事》、《半步桥旧事》、《南池子旧事》等，看来差不多有八本书了。这些书讲的都是一九四九年以后，北京胡同里发生的故事。

这个系列的第一本，就是这本《大雅宝旧事》。

1、老搬家

一

我妈说：咱们就是吉普赛人，永远在迁徙，永远在搬家。

当然这是在一九四九年以前说的。我倒是很高兴，每次搬家就是一个新生活的开始。一定有好多有趣的事物出现，你觉得生活就是一个万花筒。你以为生活就是这样，没想到搬到大雅宝，"咚"的一声我们就定在那儿了，一住就是多少年。

其实，我们四九年以后就落（读lào）到北京了，似乎迁徙应该暂时停止了，虽然没有离开北京，但是还在继续不断搬家。不错，节目还没完呢。

当我们家一天突然搬到了大雅宝胡同甲二号的时候，我十二分地不乐意。

似乎从那时候开始，我总是一个人坐在一个装满七零八碎物品的三轮车上，那都是最后收拾起来可有可无的零星物品。我在这些零碎中间，和周围的朋友们一一挥手致意。我觉得这简直是一个老电影的经典镜头，每隔不多久，就这样重复一遍。根本就是在倒片子，一点儿新鲜没有。

这次我是和兰兰告别，虽然他比我小一点，可是他似乎是我这一生中第一个铁哥们儿。他跟着三轮车走了几步，似是而非地喊：回来找我玩儿啊。我说好啊好啊。他还接着挥手，糊里糊涂地喊：别忘了，别忘了。我说好啊好啊。我似乎有些难过地想：指不定还要搬到哪儿去呢。再见，有那么容易吗？

过去，我在哈尔滨的时候也是这样和徐蔚蔚告别的，他爸爸安林先生和我爸爸张仃是东北画报社的同事，我们两家是邻居。虽然他经常对我以打架的方式表示友好，就这样我依然惦念着他。

后来在沈阳我也是以这样的方式和王小怀告别的，当时我们俩都在北陵大院里的干部子弟小学上学，两家都住在北陵大院儿里面，他们家好像是法院的。他妈妈和我妈妈很谈得来，周末结束的时候，她们相约送我们俩去学校。我们俩就走在前面，我们一起逮蚂蚱，一块儿向路边的草丛撒尿。她们似乎对我们这样同声同气，非常认可。我妈认为像我这么又蔫又糊涂的孩子，有这么个大胆、淘气的伙伴，也许在学校就有了些保障。

其实，我在学校没有人欺负我，因为我姐姐在哪个学校都是孩子王，我虽然不灵，可是她永远在罩着我。

两个母亲在后面一边儿散步，一边儿慢慢谈话。我们俩在前面继续撒欢儿……似乎都是昨天的事情，可是转眼间大家又劳燕分飞、天南地北了。

我想可能妈妈说得对：因为我们是吉普赛人，所以就得和朋友们不断分手。

二

首先，我们家过去搬家，总是越搬越好。

在我的模糊记忆里，第一次搬家，是从延安的窑洞里搬到了马背上，准确地说那次仅仅限于我爸爸、妈妈，还有我姐姐。我虽然一度和姐姐分别坐在马背上两边的筐里，也算在马背上呆了一天，有了马背征战生涯的纪录。

但是第二天，我被单独搬到了一条倔强的驴背上。当大队人马浩浩荡荡横渡黄河支流的时候，我的毛驴突然无师自通偏离了大队的方向，径自走向水深的地方。然后，它也被湍急的流水吓呆了，就站在那里纹丝不动。大队在继续前进，马儿们也都在艰难地趟水过河，谁都没有工夫来管我。因为随时都可能有人袭击你的队伍，军队得迅速过河是千古不变的铁律。小毛驴和小孩儿这时候就随随便便地四舍五入了。

但是，我妈和我姐姐可不这样想，虽然她们也无法下水来救我。据她们回忆，当时我在筐里正无忧地高卧，只有发黄的软发在筐边儿上下忽悠，可见我个性天生比较洒脱。妈妈说那像希腊神话里的金羊毛，姐姐说像黄土地里的苞米缨子。妈妈和姐姐

爸爸作的《往昔岁月》（一九九三年）

大声地叫我的名字，她们看见我伸出一只手挥动一下，表示听见了。姐姐又大声叫：你打毛驴的屁股，它不肯走了。我似乎考虑了一阵子，姐姐继续拼命地大叫，我这才终于伸出手去打了两下毛驴。那毛驴发觉居然现在还有人在赶它，就慢慢地转了回来，跟在队伍后面继续前进。在这富有韵律的颠簸中，我又接着进入黑甜乡了。

后来过了黄河，穿过硝烟，就走到了白城子。那是我记忆中的第一个城市，大概在那里我第一次吃到了白菜粉条豆腐汤。我觉得鲜得要命，可我爸一口都不吃，他说过去在国民党的监狱里天天都是这个菜，因此彻底吃伤了。当时我想国民党监狱的伙食不错啊，蹲蹲也无妨。后来过了二十多年，等我亲身有所体验之后，觉得三岁时的我判断相当正确。

然后到了张家口，那是个不得了的大城池，可惜不能多呆，很快就像小说里描写的一样——落荒而走了。

后来似乎坐上了大篷车，不过不是电影里的布篷车，是用草席弯成的车篷，里面相当明亮。穿过草原到了蒙古的沙漠。我不记得沙漠中有过风暴，在我的印象里，沙漠总是黄昏时分，无边无垠，单调而纯净。在路上遇见过多次电影镜头，就是后来好莱坞多次借用的那种场景，很多人骑马来围攻我们，很清脆地放枪，比马戏团好看多了。我一点都不怕，和其他人一起躲在大车底下。我老想顺着辘辘多看点儿镜头，可是大人老按住我的脑袋，等让我爬起来看的时候，电影早完了。那些有枪的人和一些骑马的人已经打完了，玩了个不亦乐乎。为了热闹，那些人临走还不时扔点儿手榴弹什么的。

在蒙古包里我第一次吃到了酸奶干，又是空前地好吃。不管在哪个蒙古包，事先总安排好了至少一个和我争夺酸奶干的蒙古小孩，其实我们谁都听不懂谁的话，还都急赤白脸，但意思都很明白：这些奶干是我的！后来也不争了，都飞快地抓来吃。那时突然明白了，争论"所有权"那是假的，吃到肚子里才是真的。我们的大人和蒙古孩子的大人在一边笑呵呵，认为我们相处得很好。

不知走了多久，后来似乎坐上巨大无比的火车，以至于此后我每次发高烧的时候，总觉得有个其大无比的不知名的怪物缓缓向我逼近，也许那就是火车头给我留下的难以磨灭的深刻印象。

有一天等我醒来，睁开眼睛看见四处都是横竖的粗黑线条，原来那时候我是躺在一个火车站的无比宽阔的候车室里睡觉。那个大屋子的顶上有数不清的玻璃窗，很多钢架子。似乎有数以千计的人都在这里席地而睡。有人从被子里伸出脑袋，头发乱支着，眼睛发亮，告诉我说：这是哈尔滨。在那里我第一次吃到了咖啡糖。

后来不知为什么，还没呆够呢，又匆匆去了佳木斯。

对那里的印象整个就是一个银色世界。只记得一个叫罗光达的叔叔，他是东北画报社的社长，常来接我们去看电影。那时候他很年轻，还喜欢用南方国语唱"新年乐洋洋"。他把"乐"字唱成"罗"字，我想可能是因为他自己就姓罗。他的司机是个马车夫，因为他的汽车是用马来拉的。我觉得这简直太阔绰了。我以为汽车就应该是这样的：一种特殊的高级车，

一九四六年在哈尔滨，爸爸是《东北画报》的主编，妈妈是《东北日报》的记者。

郎郎、爸爸、乔乔在佳木斯。

动力就应该是马拉的。可惜，后来我再没有见过这种符合环保原则的小卧车。

还记得每天早上，爸爸用斧头劈开冻在窗外的高丽糖，样子与颜色都和木匠用的鳔胶一模一样，可是坚硬无比。我爸抡圆了一斧子下去，砸出来浅浅一个白印，第二次才砍下来一小块，甜美无比，我觉得比咖啡糖好吃多了。

后来又搬回哈尔滨，我和姐姐都去住校。学校的房子非常漂亮，是俄国式的，听说过去一个俄国公爵还是伯爵什么的住在这里。我们在大厅光滑的地板上窜来窜去。我最喜欢在飞跑中突然扑倒在地，可以滑出去好几丈远。闭起眼睛，好像自己在飞翔，这个感觉舒服极了。过去从来没见过这么光滑的地面，也从来没有以这种速度运行过。

我更感兴趣的是大厅中间那个绿色的青铜兽头，有时候它会汨汨地往水池里吐水。不过老师一般不会打开那个水龙头，那时候这是很浪费的事情。据说校长叫叶群，她很少出现。不过，孩子们的消息或记忆你别当真。至少有一半以上纯属是无端猜测。我好像没见过什么校长，根本不记得她长什么样。姐姐比我大五岁，虽然记得一些名字，估计也都是模模糊糊、稀里糊涂。

听说因为这房子实在太贵族了，本来是留给当时最会打仗的将军住的。他叫林彪，那时候他在东北就是一号首长了。据说他来看了看，就决定送给我们学校了。我们学校的全名是"中国人民解放军第四野战军干部子弟学校"，所有孩子的家长都是当兵的。我爸爸是个画画的，可是那时候无论干什么的都穿军装。

我和姐姐能有资格上这个学校，是爸爸军装的功劳，这是后来才知道的。那时候我们只知道林彪说了：这房子应该给孩子们住，我有什么资格住这样的房子？是啊，那时候更重要的人物，比如毛主席和朱总司令，还住在河北农村的土坯房子里呢。

林彪要是住进这个俄式洋房里，肯定有人会不高兴的。

后来我病了，住进学校里的卫生科。一间病房有两张钢丝床，和我同屋的孩子叫彭宁，比我大也比我机灵多了，非常大方豪爽。我们俩都是不准下床，属于必须"绝卧"的。于是，护士一走，他就在床上天翻地覆起来，折跟头拿大顶，玩成满头大汗，然后盘腿坐下来，教我背快板。快板词是：

　　是我的兵，跟我走，
　　不是我的兵，加屁崩！
　　灯不亮，吹大酱，
　　大酱稀，吹牛逼！

那时，我以为这是他自己编的，对他崇拜得五体投地。长大以后，才知道这是古老的儿歌。这毫不影响我心中对他文艺天才的肯定。果然，若干年后，他拍了一部惊天动地的电影《太阳与人》，据说是讲黄叔叔的故事。不过，不知怎么回事，没让公演。我觉得要是那会儿公演了，他会成为一代大导演。人的命运有时候很奇怪，这是无法预计，也无法更换或重演的。

三

一不留神我们又搬到了沈阳。从哈尔滨坐火车到了沈阳，那天午夜里下车，当地刚刚下完雪，人们在站台上一边跺脚，一边嘴里冒着白汽说：这里真暖和。我爸说：当然，快进山海关了。

我在沈阳第一次见到了日光灯的白色光芒。那是一天晚上去看电影的路上，经过了美国领事馆，看到那里一片白光，好像白天落（读là）下了一块，黑夜里独独白了这一片。大家都说：哼，美国鬼子，灯光都这么邪乎。

在这之前我对美国唯一的了解，就是可以吃到他们的军需品，花生米啦，口香糖啦。印象最深的是像小水桶一样大的暗军绿色罐头，谁都不知道里面是什么，每家的孩子都排队去领。有的人家运气好，回来打开一看有牛肉干的，有黄油的。我拿回来一桶浓缩柠檬水，那是给一个连队一个月的量，我们家兑水喝了一个夏天都没喝完。姐姐运气好些，拿回来一桶葡萄糖，那应该是给战地医院用的，我们就拿它当白糖吃了，以后我再也没吃过那么好吃的葡萄糖。

后来急匆匆地搬到了北京，在火车上妈妈和姐姐在猜新的国家应该叫什么名字，好像居然被她们猜到了：中华人民共和国。

爸爸在前门楼子旁边的火车站等我们，居然找了辆马车，和哈尔滨的俄式马车完全不同，是个小盒子似的马车，还挑着一个八角的油灯。马蹄滴滴答答轻敲北京午夜的马路，我就在梦中进入了北京的第一个家。

这就是北池子北口草垛胡同十二号大院里的一个小院儿。过了大概一年半载以后，我们又搬到了骑河楼斗鸡坑胡同四号。

这一切就发生在短短的三年里，我从三岁到六岁，从记忆开始整个就是一个眼花缭乱，和快速倒电影片子差不离。头还不晕，还一直高兴。

2、跟着爸爸的脚印

一

　　那你就会觉得我们这个家和这个国家一样：除旧更新，天天向上。和多数电影一样，结局老是皆大欢喜，老是喜出望外。可这次搬家是搬到大雅宝胡同，就不那么典型了，感觉远没那么美妙，首先就是环境差了不是一点半点，简直就是天上地下。

　　难道这就是我将要长期居住和生活的地方？老天爷，我心里就一阵阵地犯嘀咕。尽管我妈已经事先告诉我了，新家的环境可能稍微差了点，大致上还是可以的。现在我想我妈事先告诉我这件事，不是由于我有那么重要，那时候孩子在家里的地位和现在的孩子根本没法比。家长为这件事儿一本正经来听取您的意见，没那个功夫，也没那个必要。

　　我妈不得不和我一本正经说这件事，据猜测大概是由于她是个完美主义者，自己心底里实在不喜欢这次搬家，可是她没人可说，也无法说，那就只能和我说说。要是我姐姐在家，可能会和她商量，可是她已经工作了，不在家住了，目前我就是老大了。至少我可以合格地暂时充当只供倾诉用的枯树窟窿。

估计我爸觉得这次搬家很重要，据说他如果留在军队，那么地位、待遇都要比现在好得多，房子立马就大多了。甚至后来我们家就会减少很多麻烦。在新中国军队里，相对稳定多了，钢铁长城嘛。可是谁那会儿就能掐会算、预测未来呢？况且，我爸从小最高的理想无非就是想当个画家，想当个自由艺术家。

和其他革命同志相比，他没多大的野心。从只出白薯和土匪的故乡进关以后，他就想到国立艺专上学，这是他人生最高梦想了。可是那会儿没有足够的学费，在北平他就是个一文不名、东北来的贫穷流亡学生。

多亏张恨水老先生，看他成绩不错，还是个流亡学生，就免了他的学费，否则，他这个艺术专科学校根本别想了。

其实我爷爷送他进关的时候，给了他一条里头塞着一百块袁大头的褡裢。看他太小，就委托一位远亲兼老朋友，帮他拿着那条褡裢。到了北平，我爸兴奋无比，在画片中见过无数次的前门楼子出现在火车站前的烟雾中。等我爸回过头来准备向拿着褡裢的叔叔倾诉衷肠的时候，那个人已经和褡裢一起消失得无影无踪了。要不是张恨水先生的美意，他不但没学可上，并且一定无家可归了。

这类家族传说一般都有若干版本，三叔和五婶的绝对不一样。小孩记住的，准是最有意思的那一种。

现在，居然梦想成真，让他到中央美术学院教书，对他来说比在军队里当个文官重要多了。这样既可以谋生，同时可以实现他当艺术家的老梦。他怎么会知道在这块地方，在这个时代，真正弄好养家糊口，还是得留在部队。可惜老天爷就是没有给我们一个可以窥视未来的千里眼，要那样，我们全家人也不至于有后来那么样的一个未来。其实，那年头谁又不是"盲人骑瞎马，夜半临深池"？

到美术学院教书，实现了他毕生最大的心愿。

我妈妈太了解他了，房子差一些，那算什么呀？小米少几斤，那算什么呀？所以，迅速搬家那就理所当然了，再说，这也是上级在征求他意见后下的调令。在我和弟弟根本没有发表意见权利的情况下，就这么搬了。人家都以为，我们家自然而然都是以我老爸为中心的，其实我们这帮孩子，都是以我妈为中心的。简言之：我们全体一致崇拜我妈妈，可能是因为从小我们都是听她讲故事、听她读书之后，才慢慢睁开自己的眼睛的。可是我妈以我爸为中心，所以我们不得不也当我爸的顺民。不管我们心里服不服，老爸永远是中心的中心。

二

我们在这之前也住在东城区，那就是我告诉过你的骑河楼斗鸡坑胡同四号。那边的房子比这边可强多了，虽然不是典型的四

爸爸（上世纪五十年代）

爸爸和我（上世纪九十年代）

爸爸画的北京鲁迅故居（一九五六年）

合院，但是外院只有我们一家，还是正经的前出廊后出厦的大瓦房。南北池子一带的东城和南小街一带的东城可是大不一样。直到后来很久以后，我才知道，南小街一带虽然房子歪歪扭扭，但那里可是卧虎藏龙。

在斗鸡坑四号那会儿，我们家一溜高台阶，青砖铺地，边边角角都是用石板平整砌出来的，花池子周围用旧瓦砌出花边。晚饭后藤椅一摆，小叶儿茶一沏，清风徐来，树影婆娑，什么劲头儿？

我们还有两间西房，我娘娘和我表哥来了以后，也住在这儿。院子里和鲁迅的老虎尾巴一样，有两棵大枣树。一棵结的是长圆的枣儿，还有一棵结的是尖头儿的枣儿，一律不长虫子，和关公脸儿一样，红里透紫，还都特别甜。枣儿一熟，邻居都来了，朋友也来了，都来打枣，走的时候也都会给我们家留一脸盆。

里院是个小套院，那里住着刚刚从香港搬回来的张光宇先生一家，我们叫他光宇伯伯。他们搬来第一天，就送了我一盒彩色橡皮泥。我是第一次见到这么奇怪而有趣的玩具，就胡捏了各种动物。好在捏得不理想，可以立刻重来，那些日子，似乎我就一直在不停地毁掉上一个不成功的创作。

我本来以为我爸画画最棒了，那是在东北的时候，全国都在打仗，我爸在第四野战军东北画报社当总编辑。在那个军队里，可不就是他画得最棒了吗？当时一共有四个野战军，甚至包括在西柏坡的敌前指挥部的中央，也只有这么一份印刷精美有彩页的画报。因为四野在东北接收了日军供应的战利品，又接收了美军供应的战利品。他们每打下来一个新城市，就去接收各种印刷的机器。所以那时四野什么条件都好，就数他们最有钱了。我从小就记得爸爸老背着个莱卡相机，急匆匆地跑来跑去，甚至不断跑到硝烟弥漫的前线。后来，他从东北赶到北平的郊区，在香山的一个小院子里编辑了《中国人民解放军三年战绩》。那可是当时唯一自己出版的红皮精装画册，里面的设计、图例都是他的活儿，我自然而然觉得，他就是画画最棒的了。

在第四野战军进入山海关的时候，到处张贴了大幅的彩色招贴画《打倒蒋介石，解放全中国！》。那就是一个新时代诞生的彩色标签，我爸画的，为此我自豪了一段时间。

可是我爸对我说，光宇伯伯的画才是最棒的。当年在上海是他挖掘出来我爸爸的，我爸自认是光宇伯伯的私淑弟子。那时候，他老先生在上海不仅是个漫画家，还是一个出版家，是上海滩文艺界头面人物之一，三兄弟都是绘画天才。

张光宇是老大，画得最好。还是不愧为老大，有眼光，有胸怀，有魄力。他的三弟张正宇也是艺术奇才，同时还是个经营人才。二弟小时候过继给舅舅家，所以姓曹名涵美，他的《金瓶梅》插图现代版今天看来还是那么惊人地绚丽。

兄弟们的优势凝聚在一起，充分发挥了商业效益。三十年代，光宇伯伯和纨绔子弟兼艺术家邵洵美合作组成了时代图书公司。诗人邵洵美也是画家，他家和他太太家都是祖传的巨富，居然出来一个艺术家，喜欢搞出版，所以理所当然地接着当老板。经营不善那是一定的，但他至少过了把大瘾，起码给我们留下了那一段上海的摩登文化。

于是，光宇伯伯当总经理，曹涵美先生和正宇伯伯当副总经理，这就是三十年代红火无比的时代图书公司。这家公司在鼎盛时期同时出版过五大杂志：

一、林语堂主编的《论语》。

二、叶浅予主编的《时代画报》。

三、鲁少飞主编的《时代漫画》。

四、宗惟赓主编的《时代电影》。

五、张光宇主编的《万象》。

《万象》非常超前，非常摩登，给人们留下闪光的印象。后来没钱办了，停刊后一段时间，胡考先生主编复刊，只出了一期，照样摩登。

再以后同样名为"万象"的杂志辗转由柯灵先生来主编，还刊登了以后名声了得的张爱玲的作品，当然那是后话了。不知道李欧梵教授最近所谈的"上海摩登"，是说张光宇的摩登，胡考的摩登，还是张爱玲的摩登。

在那个时代，这几个杂志在上海就是最摩登的、有文化的消闲杂志了。看看这些七十年前的杂志，发现竟然如此地幽默，如此地前卫，如此地有格调，我百思不得其解。号称"百年中国人文知识环境最好年代"的如今，居然没有一本可以像《论语》那样有水平的幽默杂志，更没有那样高质量的文章。

当然，也难怪。《论语》撰稿人有老舍、刘半农、郁达夫、丰子恺、老向、大华烈士（简又文）、周作人、黄嘉音、沈有乾、周劭（周黎庵）、林疑今、陈子展、冯和仪（苏青）、姚颖，还有全增嘏、潘光旦、李青崖、邵洵美、章克标、陶亢德等。俞平伯、李金发、朱湘、废名等人也常有诗文，以至学术研究和文史知识文章发表于此。就连当时对林语堂这本倡导幽默的杂志很不以为然的鲁迅先生，也一样给它写过稿。其他左翼作家，譬如阿英、聂绀弩、茅盾，也不难在这里发现他们的身影。

"幽默"这个词被林语堂先生巧妙地从humour翻译成中文，还在《论语》杂志创刊号上确定了它的含义，并以此为宗旨推动了后来在现代文学史上被称为"论语派"的文艺活动。可见在三十年代的上海文艺超前大繁荣时期，这个文艺群体对海派摩登旋风起了多么强烈的催化作用。

3、《万象》杂志及其他

北京知名度很高的藏书家姜德明，据说曾经担任过人民日报出版社的社长，他对以"万象"为名的杂志颇有研究，曾在《〈万象〉闲笔》一文中这样记叙：

最早用"万象"的是抗战前张光宇、叶灵凤在上海主编的《万象》杂志，八开本，图文并茂，共出三期。稍后，画家胡考又主编了一种十六开本的《万象》，也是文图并重，可惜仅出一期而终。抗战胜利后，画家汪子美在成都主编了《万象十日画刊》，十二开本，出版了五期。"万象"其名竟能引起这么多人的垂青，此亦文坛上的一段佳话也。

现在中国据说也是幽默大师如云，怎么就办不出来一本可以使读者不时会心一笑的杂志？或许他们不屑办这类杂志了。

张光宇、叶灵凤主编
的《万象》杂志

陈蝶衣、柯灵先后主编
的《万象》杂志

现在辽宁出版了《万象》杂志，据说也是一种复刊的意思，居然还请了哈佛的李欧梵教授和尚在人世的柯灵先生（编者按，柯灵先生已于二○○○年去世）当顾问。李教授出版的《上海摩登》一书，就是叙述那个摩登时代的摩登文化，其中以《万象》等杂志为例。但似乎现在的这本杂志，和原来那本没什么关系，也许有一星半点承传的意思。大约是超越了，时代不同了嘛。至于是否可以称得上如今的摩登和幽默，那就见仁见智了。可能标准不一样的，人们的口味也不同了。

我只能说今天的《万象》在当今中国无数杂志中还算是佼佼者，例如偶尔出位刊登了一些同志文学什么的。老李的大名现在还名列刊头，不知道他老人家是否起到顾问的作用。曾经做过老《万象》主编的柯灵先生，他老人家年事已高，挂名也就是挂名而已。《万象》的老主编张光宇先生，都已经诞辰百年了，至今无人能摩登过他的杂志，或许现在不需要这种杂志了，也许"复刊"这件事本身就是后现代的幽默。

关于辽宁办的这本《万象》，姜德明先生作了这样的描述：

辽宁教育出版社主办的《万象》杂志，已经出版到第二卷第九期，引起了读者的兴趣。我也喜欢这刊物。编者尤重版式和插图更合我心，这才是办刊的正途。编刊物不用心经营，能不愧对读者？《万象》的开本略呈方形，显然这是沿用四十年代柯灵先生在上海主编综合性文艺刊物《万象》的形式。这种开本，久违多年，骤然一见，生面别开，莫怪山东画报出版社最近创刊的《成长》丛刊，亦取这种方形小开本。以前他们还出版有十六开本的摄影选刊，刊名也有"万象"二字，可见当年《万象》影响之深。

姜先生对书籍的版本、装帧都有独到的见解，不过可能有些忽略，在三十年代，张光宇先生主编的三期还不是这样的开本，但是到了胡考先生主编的短命《万象》，似乎就使用这样的开本了。四十年代陈蝶衣、柯灵先后主编的《万象》终于确定了这样的开本。姜先生似乎认为四九年以后一直没有人用这个开本，直到现在的新《万象》才开始再用，其实在五十年代，张光宇主编的《装饰》杂志，就已经是这样的开本了。

虽然现在人们学会了这个老摩登的开本，出版了现时代的《万象》，然而与当年的《万象》相比，无论内容还是形式都大有风马牛的意思。有人断言中国人的智商在商业怒潮中不得不一再提升、精进，或许正因为如此，幽默和闲适的感觉似乎渐渐隐退了。或许这也不过是一种合适的解释罢了，现在办刊物的人自有其难言的苦衷，所以只能有限地摩登。

据说北京现在出现了波布一族，就是波西米亚加布尔乔亚，在有钱有闲之后，慢慢练习优雅，体会幽默。如果他们真有眼光，应该找来三十年代的这些上海滩玩主的杂志，细细琢磨，真谛在其间。

当我爸刚从反省院出来在南京上海一带奔走，靠给各种媒体投稿为生时，就先后给张光宇先生办的《上海漫画》和鲁少飞先生主编的《时代漫画》投稿。那会儿张光宇、叶浅予、鲁少飞在上海已经红极一时，而我爸还是上顿不接下顿的半个投稿人加半个流浪汉。他最后斗胆投稿给这个杂志，有一成是想看看自己到底画得怎么样，有九成是碰碰运气，得知道知道艺术竞技场到底有多高，那里的水到底有多深。

一天他在大街上看到新出版的《上海漫画》，打开一看，以"名家精选"的栏目彩印的中心加页，居然是自己的作品。我爸当时脑瓜就"嗡"的一声，愣在那儿了。据老人们回忆，张光宇在接到我爸的投稿时，他也是"哇"的一声拍案叫绝，对左右赞不绝口，引为同道。叶浅予回忆说，那时张光宇兴奋得无异于发现了一个金矿，可惜这位投稿者居然没有留下地址。

我爸连通信地址都没敢留，是因为自己看到过张光宇先生的画，完全地五体投地，投稿也是一种崇敬的表达。张光宇先生决心要召唤这个无名同道，就不惜血本精美印刷，出了这个加页。这就是当年的伯乐豪情。

我爸一口气跑进张光宇先生办公室的时候，好像在梦境中一样。光宇伯伯哈哈大笑，啊，原来你这么年轻啊?!

从那天开始，我爸注定了一辈子要打上艺术大儿童的烙印。就是这样，他们把我爸带入了上海滩的艺术大潮中。那个时代人们都如此天真，提携后进竟然没有一点私心。按说今天这样的故事，本应该是更多的吧? 我们都知道为什么人们常说古道热肠，就是说这已是属于古代传说了，时代变得实在太快，肠子就来不及热了。

我爸以前的文艺界朋友，在上海属于左翼运动的多，那会儿一提抗战，就热血沸腾。他和我妈那时一直是追随鲁迅先生的。我妈妈那时候是《论语》杂志最年轻的写稿人。可是，我爸实际上是投身于林语堂、张光宇们这伙人的。我父亲、母亲对政治一窍不通，以为抗日艺术家都一样，这糊涂就给他们埋下了后来倒霉的伏笔。

　　如果日本不打上海，我爸就会和他们一起，继续办画报，继续他的艺术生涯。这个故事真不知道应该如何发展。如果我爸没有因为抗日的事情被当局抓进监狱，他一定会继续沿着所有画家走过的道路，走向不可知的远方。当然，历史老人的字典里没有这么多的如果，不给你任何假设的可能。也绝对不会时光倒流，让你再另玩一次，反正结果就是现在这个样子了。

4、斗鸡坑胡同

爸爸绕了这么一大圈儿，穿着黄军装进了北京。

我觉得好像老爸在"和平解放北京"以后，似乎比在上海时有办法了，居然能够安排光宇伯伯和我们住在一起。估计他是梦想着在童话般的新中国没准可以和亦师亦友的张光宇先生在一起画画。

那时候谁都不知道，新中国会是一个什么样的格局，所以我爸借助新中国成立的惯性，顺水推舟地做了这样的安排。他大概觉得等上边重要的事情安排完了，这些文艺界的各路豪杰总会有个稳妥的安排，他就事先做了必要的准备。

我们隔壁的邻居是从上海搬来的鲁少飞一家，我觉得这也和爸爸的办法有些关系。他的两个女儿先来北京打前站，成了我的大朋友，这就是汀汀和汤汤。我爸叫我陪她们去玩，她们都比我大很多，她们喜欢玩的，我不会，比如跳房子、跳皮筋什么的。

我喜欢的她们绝对不玩，比如弹球儿、拍洋画儿、逮佬儿、拍三角什么的。她们告诉我，上海还有个小弟弟和我同岁，要是他来了就好了。我点头表示同意她们的想法。我们想了半天，只有和她们一起玩弹铁蚕豆，这是双方都可以接受的游戏。

那会儿，卖铁蚕豆的人都背着一个大布口袋，里面装满了铁蚕豆。他一颠肩膀就哗哗地响。我那时候认为这人才是真阔人。这么多铁蚕豆，想怎么玩就怎么玩，想怎么吃就怎么吃，随便。

后来他们全家都来了。他们家有两个儿子，香成和兰成，意思是生于香港和兰州。汀汀生在上海，汤汤生在无锡，所以她们的大名叫海成和锡成。

我爸说鲁伯伯为人很好，画也不错。我觉得鲁伯母为人最好，第一，她脾气特别好；第二，她老留我在她家吃饭，用的借口还十分贴切，说你不在兰兰就不好好吃饭。况且她做的菜能气死上海饭馆的大厨。我最喜欢吃她老人家做的面拖蟹。

我觉得鲁伯伯的画，画得最好。因为我在他们家看了他老人家画的《今古奇观》上下册，觉得那是我看到的最有意思的画册。这画册不是那本有名的古代小说演绎出来的漫画，也不是插图，而是把世界各地古灵精怪的事情，用漫画画了出来。所有的故事都匪夷所思，比方说，我看了这本书才知道，有个国家叫暹罗，那里还有两兄弟长在一起，永不分离，真够神的。我还从这本书里知道，非洲的妙龄女郎如何采取一个个慢慢加圈儿的好办法把脖子拉得特别长。所以，我认定了：除了我爸就是他老人家画得最好了。

那个鲁兰成，小名叫兰兰，是我的第一个铁哥们儿，至今未变。我说东他绝对不说西，我指南他肯定不往北。那时候开始我们就形影不离。

他爸也是张光宇伯伯的老朋友，我们俩一高兴就到光宇伯伯家去玩儿。我们叫张伯母张家姆妈，她家里经常有零食，最不济至少也会给我们吃水果糖。更重要的是，只他们家才有《白雪公主》和《木偶奇遇记》的原装画册。

张光宇伯伯家的孩子都比我们大一圈儿，长子是张大宇，那时候已经工作了；二儿子张良国好像已经上了高中；女儿张宜秋和我姐姐一样去当演员了，好像是在中央歌舞团跳舞；最小的儿子张临春，也比我大几岁。他经常用透明的硫酸纸把皮诺曹和蟋蟀精灵都临摹下来，把白雪公主和七个小矮人也都描绘下来，然后点染上夺目的色彩，简直比看电影还清楚醒目。他很有耐心，干活很细，有时候也和我们玩，但主要喜欢自己焊无线电。他比我们懂事得多，玩儿也比我们高几个层次，成了我们有什么疑难就可以去请教的大哥哥。

你想，我们同院儿有临春，我们隔壁有兰兰，满北京这样的好地方还有吗？

可是这会儿，我们家却突然决定要搬出斗鸡坑四号，而且没有商量的余地，一定要搬，马上要搬。一不留神就搬完了。

5、童话的来由

可是这个大雅宝胡同甲二号，和斗鸡坑四号相比简直是个大杂院。我们为什么一定要搬家呢？听我细细道来。

这是因为成立了一个新学校——中央美术学院，就因为我爸的座位已经订好了，还不可能更变。我爸必然成为中央美术学院的人，我们就必然要成为这个学院的家属。于是，就这样搬过来了。

当时我心里老大不愿意，可也明白哪有你愿意不愿意的份儿。

我要讲这个童年故事给你听，那绝对是一个童话，虽然是发生在一九四九年以后的故事。也就是说，我的故事都是人们常说的"解放后"的故事。你会奇怪地问：那时候和那时候以后，中国那个好地方还能有童话？

据说那个时代至少可以写出八部《悲惨世界》、十部《双城记》、二十部《日瓦戈医生》、三十部《死屋手记》、四十部……好了好了，明人不必细说。

虽然现在还没有人写出上述任何一本，但是至少可以相信那里有那么多的故事可说，那么丰富的资料可供保存。这些故事的资料直到现在还都在那儿好好呆着呢。大约还没人愿意去写，可惜的了。大概主要原因是这年头写这种小说，不可能发财，也没有人去读。人们自己都懒得去解这个闷儿，要真写出来还要惹很多惹不起的人老大不高兴的，何苦？但是如果再没人讲的话，以后就没人知道这些故事了。

比如有人写了开国的纪实文学，但是只写了部分实情，没有更多的细节，没写人们的心理活动，更没有什么可以想象的空间和余地。

人们很坚决地否定，使劲摇头，异口同声：那时候，只有苦难家史，只有英雄伟绩，只有坚决彻底，就算什么都有就是没有童话。

我较的就是这个劲，我讲的绝对是孤本童话。瞎子逮蛐蛐儿——您听听吧。

绝对，我说，绝对。当然这不符合现在流行的故事，肯定不符合目前流行的这种公式：

我们家由于是地主资本家什么的，或者是基督徒什么的，在新社会日子必定艰难，于是我发奋图强，一而再再而三，扭转命运，突破自己，渐渐掌握了自己的前途。于是，一次次登上人生的高台阶……

我没这么好的运气，要是我有这样的背景，我早就是明白人了。

我也不是生下来嘴里就含着金勺子，家里挂着铁券丹书，在新社会占据最佳位置，自己还不因此间接被权力腐蚀，照样发奋图强，文武双全。后来再遇见个绝代佳人，最后大小一起登科，皆大欢喜。

我也没这么好的命，要是有那个命，就不会在这里和你侃山了。

世界上只有两种人，明白人和糊涂人。

我就是糊涂里的糊涂，你说难得糊涂也不能让我因此就满意自己。

其实，我从小就糊里糊涂掉进一个童话王国里，变成了一个彻头彻尾的糊涂人，人家都不看童话了，我还在童话中生活。这就是铁证。

我大概也就在不久前，似乎明白了一点儿。就是明白了我压根糊涂了几十年，还过得挺好。居然。往好听了说，这是童心未泯，其实我何止是童心依旧？简直就是上过刀山下过火海之后，居然误打误撞好好地活到了今天。其根本秘诀就在于从小生活在童话之中，遇到的九劫八十一难在《西游记》里都看过的。我妈早就告诉我：遇到劫难的时候，你要学会灵魂出窍，跳出来看自己的傻样，你就不那么难受了。所以，我的童话底子伴我度过多少长夜漫漫，好处是没有过不去的火焰山，坏处是我的心理年龄就严重滞后。

不久前一天饭后茶余，老友苏晓康推心置腹地问我：你是不是压根就是糊里糊涂？我惊讶地反问：你问哪方面？

他笑笑说：整个的呗，你好像对怎么生存从来都没过过脑子似的。

他没说之前我连这个问题都没想过，这以后第一次认真地好好想了想，顿时眼前一亮。老天爷，这么多年，我整个就是一个不知所云，瞎活着。有人说人生好比一盘棋，那我就是把这盘棋彻底给走瞎了。时间老头儿肯定不准悔棋！

过去的几十年，我可能从来对存活这个问题不怎么上心，以为对我说来这是提不到日程上的问题，就这么随心所欲地游荡来，游荡去。自己以为就算不是鲁宾逊至少也是礼拜五，潇洒尘世，散漫人间。

细想，其实我知道生存对每个人似乎都很重要，可是根据我的经验，老天就是不肯饿死瞎家雀。这么多年瞎活过了，如今也这么接着活了。糊涂地活着也好，明白地活着也好，还不都是一样的活？也没听说谁活出来特别的花样。

所以，至今照样继续活着，照样有时从糊里糊涂里边透出来一点明白。

至于考虑人生轨迹什么的，永远觉得为时过早。

听苏晓康这么一问，我出了一身冷汗，发现自己犯了一个常识性错误：潜意识里我自以为日子且得过呢，甚至没准儿一直以为自己可以永生呢。

原来如此！

我对自己居然有这么大的误会，居然还一点儿没有察觉。绝了。如果我是基督徒，那好解释。如果我相信佛教轮回，那也好解释。如果我练什么什么功，也都好说。可是我恰好对所有的信仰，都持有敬而远之的模糊态度。

　　估计这是小时候，让一个法国老头说晕了。他说要当作家，得"三个不要"：第一不认党派，第二不认祖国，第三不认信仰。

　　这么极端？看来我只好继续当个迷迷糊糊的观察者。

　　虽然有观察的好奇心，却没有耐心去领会研究，积累资料。要不怎么说，这就是俗人。莫斯科不相信眼泪：你一哭，你就是可怜之人，就有可恨之处了。北京不相信笑容：你一笑，就可能是笑里藏刀，就是没刀，也没准有什么七零八碎的幺蛾子。网恋不相信爱情，玩家们说：爱情是假的，感觉是真的。

　　那你还敢相信什么？

　　因此，我什么都半信半疑，也不大敢什么都不相信。闹了半天就敢相信自己一半，同时，还继续以为自己可以永远活着。

　　我觉得，这还不能算作自大狂或者自恋狂什么的。主要是至今我根本无法相信自己会死。我死了，这个世界怎么存在？没有我，这个世界还有什么存在的意义？

　　小时候，我以为自己没准是别的星球上的一个王子什么的，被送到这里来考验磨炼。今天反省一下，大概是受了法国那个爱讲童话的飞行员的误导，因为我和他一样爱画不严肃的画，把自己给彻底画糊涂了。如果你也想变糊涂，就照方抓药：画画，写书。

这不是说我有什么重要，重要的人物有的是。有了他们才衬托出我的平实和松弛，同样，有了我才能衬托出他们的高大和庄重。

因此，我不用刻意去回忆当年的细节，一切都历历在目。更不用努力如实地描绘当年的实际心态，以便显示其深刻。不必，也不可能。所有的故事，全是自说自话。我这么一说，你那么一听，我嘻嘻一笑，你哈哈一乐，不就结了？

这就是我的目的，千万别和我较真，如果您非要较真不可，就去找现代史家商榷。不必非找我不可，我事先已经同意了您的论断，相信了您的考据。黑泽明的《罗生门》，那么简单的故事，连法官都搞不清，我的大雅宝逸闻，您大可以完全当童话听。

我那时候和现在没什么区别，一个小糊涂合乎逻辑地成长为一个老糊涂，其糊涂的指数不相上下。说实在的，为了让你们高兴我才这么说，其实我至今根本不相信我会"老"的。绝对不可能，目前我可以勉为其难地装成个小老头儿，以便有些可信度。您千万别相信，那也是假的。

6、林徽因

一

　　我估计我爸也是这样想的，他也是一直没醒过闷儿来的主儿，拿国徽这个故事来说就看出来了。在北池子那会儿，我爸忙得一个礼拜也见不到他影儿，倒是可以看到他拿回来的各种各样的国旗设计图、国徽设计图。那时候好像大家都在玩这个游戏，全国一起"过家家"。

　　我那时候估计，毛泽东没准当年就是一个孩子王。他就是爱和别人较劲，要不他怎么说与人斗其乐无穷呢！那时候他正好玩儿大发了，得了一个大国，所以号召来个人人动手、人人参与玩个天花乱坠的大游戏。

　　朱德本是个打仗的将军，这回也童心大发，居然设计了一面国旗。那边更热闹，许多和音乐不沾边的人也提出了上千个国歌候选，最后大家皆大欢喜地同意了国立艺专校长徐悲鸿的建议：采用《义勇军进行曲》为即将成立的中华人民共和国的代国歌。

（在后来记载这件事的正式出版物中，给徐悲鸿老先生冠以中央美术学院院长的头衔，或许这样比较响亮，比较合乎时代的需要。其实这个时候，学院还没有建立呢。）

这个建议居然得到周恩来的支持和毛泽东的首肯。一九四九年九月二十七日，全国政协第一届全体会议通过了这样的决议：在没有正式国歌之前，以《义勇军进行曲》为代国歌。

于是这个新中国有了国歌，国立艺专全校欣喜若狂，好像他们的校长就是国歌的作者。这种胜利感使游戏的所有参与者更觉着自己差不多就是国家的主人翁了。几千年来，大概建国这个游戏从来没这么好玩过。好像人人都在参加这个不分类别、不设等级的杂烩大比赛，人人都有份儿，人人都有中彩的机会。

后来，也就是这两年，人们认真激烈地争论国徽到底是谁设计的。真是笑死人了。其实那个时候，不像现在一样——你自己有个设想，自己做个草案，投标中的以后，还有你的版权，你的专利。

那年头认为这一套是私有制的垃圾。这是新中国，一切都是公有的，连你本人也是公家的人。设计国旗、国徽，甚至纪念碑，即使你已经是核心小组的成员了，也还只是完成国家任务的一颗小小螺丝钉。任务完成得好，就有可能多给你若干斤小米的奖金，还有一纸奖状，以示鼓励。

其实，在整个国家一块玩童话的时候，人人都成了孩子，虽然毛泽东习惯性地不断突然改变游戏规则，大家还是乐此不疲，一起疯玩儿。

从延安来的我爸他们，都已经跟着毛泽东好几年了，虽然也有挨罚的时候，难受的时候，可是有了这么惊天动地的绚丽结果，国家给拿下来了，当初的苦难和委屈都变成了理所当然的代价。以为过去就是咬着牙背后受罪的阶段，现在似乎理所当然开始人前显贵的时期了。

所以，要玩儿设计国徽了，大家一定更得加倍努力。

没去江南，更没去台湾的清华教授们，个顶个都是理想浪漫的抉择。新的时代固然有难以适应之处，为什么不可以用我们的知识和才智，协助这些山沟来的革命者，建设一个前所未有的新中国？

如今有了设计国徽的机会，可以让清华多年来积淀的深厚资源为新时代谱写最高贵的篇章。这会儿，这些教授们还没洗过思想改造的热水澡，还相当不知道天高地厚呢。

周恩来是游戏中的平衡者，如果这是个球赛，他就是个裁判。他曾经是留法的学生，固然和清华的教授学者的根底无法比拟，但是没吃过猪肉还没见过猪跑？至少他明白猪肉熬粉条里的猪肉味儿，和做成东坡肉的猪肉味儿，大不相同之处在哪里。我再琢磨，他还是巡边，最多也就是个副裁判，一言九鼎的还是毛泽东本人。

国徽设计前期甄选后，七零八碎的都淘汰了。在周恩来的指示下成立了两个小组，一个是中央美术学院的小组：张仃、张光宇、周令钊、钟灵等；另一个是清华大学的小组：营建系主任梁思成、林徽因、莫宗江、李宗津、朱畅中、高庄等。

这两个组实在大不相同，中央美术学院组是延安牌儿为主的。虽然张光宇是从香港回来的上海人，但是在清华人眼中，照样还是野路子。张光宇是这个组最德高望重的专家，可是他没出国留洋过，而且还是画舞台布景、广告、月份牌儿出身的。可是要不是这几个人都有自己的绝活，也不能从多少亿人中就脱颖而出，中央美术学院也不会拿出这个方案，出这个阵容。

清华大学组成员个个学富五车，差不多都有留洋的文凭。这正是开国初年的"总理大臣"周恩来所倚重的，那时他已经觉得以后要玩的是治国，还得慢慢建立另一套。但是，要适当地、逐渐地把这些留洋的孙猴子搁到老君炉里历练一番，再戴好金光灿灿的紧箍，才能让他们老老实实俯首甘为孺子牛。

再说林徽因更是才女加美女，常有闪电般的灵感，颇得老周的欣赏。过去即兴的长短句，也让告别康桥的徐志摩五体投地。她和《红楼梦》里的林妹妹不仅同姓，同样有才，还有同样多愁多病的身子骨，也伶牙俐齿嘴上不饶人。美女有才，可爱可气都如出一辙。在清华教书的时候，看一个学生的素描画得不好，就当众对他说：不像人画的！那学生愕然不语，然后愤然转系。

就她这刀子嘴豆腐心，幸亏早早撒手人寰，否则赶上反右、"文革"那几场弥天大火，她的命运真是不敢设想。

所以这个比赛就更有点意思了，有点看头了。

清华大学国徽设计小组部分成员一九五〇年合影。前排左起：罗哲文、朱畅中、张昌龄、胡允敬、李宗津；后排左起：汪国瑜、莫宗江、高庄（据林洙《梁思成、林徽因与我》）。

二

其实，那时候不是艺术家、设计家自己冥思苦想如何设计出自己独特风格的艺术品，而是在想象用什么样的图形才配得上中国共产党建立的新中国。同时，也不可避免在潜意识上，或多或少揣测一下什么样的国徽才合乎当权者们的欣赏习惯。即便这样，不同的文化背景和知识结构，一定会有不同的结果。

周恩来说最好的设计是：群众鼓掌，专家点头。其实后来才知道，更重要的是什么样的国徽能让毛泽东点头、周恩来鼓掌才是根本。

中央美术学院组设计出来的国徽草图方案，以天安门为中心，有五星、齿轮、麦穗和绶带等。

清华大学组设计的方案，以中华民族建国为主题，也就是以一个大孔玉璧为主体，中央有一颗大五角星，图案中有国名、五星、齿轮。

在激烈的争论后，毛泽东出来定夺：天安门不应视为封建的象征，应该视为民主的象征、革命的象征，必须放进国徽去。

肯定了中央美术学院组的创意之后，就要确定新的国徽中哪些标志物属于必须出现的。

周恩来作了这样的总结：新的国徽要有天安门，要有五星，要有齿轮，要有麦穗，还要加上稻穗。据说这是宋庆龄的设想，因为许多中国农民是种稻子的。再说当时多数的中央领导人都是出生于吃米饭的地方。

周恩来不愿像政协会徽那样迅速完成，再说也要给清华组发挥的机会。要两个组都按照这个创意，重新画出一个正式定稿，那样就可以从技术上更完善地创作出一个大家都满意的国徽。

在清华创意没有被接受的时候，可以想象林徽因当时多么难过。她诚恳地列举了她参考的其他国家的国徽，认为一个国家的国徽不应该放进去建筑物，尤其是象征帝王的天安门。

然而，毛泽东觉得天安门不但可以进国徽，而且必须进国徽。这是他随心所欲，他觉得应该那就是应该，根本不在乎其他国家的国徽里有没有建筑物。

在这里，林徽因有两个盲点：

第一，她举例的国徽是爱尔兰的，那是西方的，是资本主义国家的。而她忽略了苏联社会主义阵营的国徽，这些国家的国徽差不多都有建筑物，差不多都有麦穗和绶带。就像国旗差不多都是以红色为底色的，只有民主德国用了蓝旗。这几乎是以共产主义为目的的国家标志物的标准符号系列。可惜过去这些革命艺术设计的成果，几乎不会在她的视野之内。

恰恰中央美院组的人，明白当时新中国的领导阶层，是向苏联坚决一边倒的，那时候流行唱：苏联是老大哥，我们是小弟弟。以林徽因的知识结构框架和生活的实际环境，当时还在暂时是世外桃源的清华园里，因此她也许都没有听明白过这支歌，或者至少不会完全理解这个国策。

第二，她不理解毛泽东的全貌。她也许听说过毛泽东住在香山的双清，喜欢写诗，那也是她当年养病和徐志摩探望她的地方。他们都喜欢双清，都有诗意，一种情怀。

或许还听说过，周恩来、叶剑英等人几次恳请毛泽东进驻中南海，他一直不同意，说：我不要当皇帝。有人认为这种劝进是必然需要的程序，都是一种姿态。

从我一个孩子的角度，认为毛泽东当时也是一派真诚。他是农村来的孩子王，真要进京登上宝座了，当然会有心底的抗拒。他知道一旦进入那个新领域的游戏里，规则就完全不一样了，不能像他最喜欢的"无法无天，随心所欲"的农村儿童游戏了，可能因此就会觉得没意思。最后他决定进城的时候，心里想：老周、老刘，你们想给我戴上紧箍咒，没门儿。

林徽因那样看毛主席也没有错，可是当毛主席在天安门城楼君临天下，一声传遍世界的巨响，"中国人民站起来了"，千千万万个林徽因都因此热泪盈眶，这比当年孙大炮、蒋中正气魄百倍，震撼人心。但是林徽因忽略的是，从此天安门的象征意义在毛泽东的内心深处已经根深蒂固了。

周恩来对林徽因的好感当然远远超过对钟灵他们的好感，梁思成的家学和身世背景更是中央美术学院组的各位难望其项背的。

清华组个个都是建筑绘图高手，对正式图样的操作，绝对专业。所以最后他们的定型图被选中，不为意外。

中央美院组，在第二轮的竞赛中有两个盲点：

第一，他们认为所有社会主义国家的国徽都是绘画性的。苏联更是如此，我们也不能例外。但是他们不知道，毛泽东到苏联一行，内心已经有极大的不满。他这个无冕皇帝，怎么甘心在斯大林的脚下匍匐，而斯大林已经习惯高高在上的地位。毛泽东清楚，翻脸的时候还没到。但至少这些无关紧要的地方，我不必完全和你一致。可能除了周恩来，还没有更多的战友知道他的这门心思。

第二，知道毛泽东在艺术上，偏爱民族的、民间的，对于外来的东西不甚了然。最典型的是在延安，他逢京戏必看，对于话剧，特别是苏联来的话剧，就完全没有兴趣。对帝王将相，他已经一再批判。大金大红，这种皇族专色，或许也是他不能容忍的。所以，他们画的定稿，使用中国的重彩方法来绘制，画了一个民族的、土的、民间的，为了和过去的皇族标志拉开距离。

没想到，主席在主题定下了以后，就比较简单了，而且也不一定要和皇族拉开距离，过去皇族的色彩就是大红大金大黄的富丽堂皇。如今用这些富丽堂皇的色彩，更使当权者心里舒服。

但哪个更好他就不大在意了，但是决不能让民众说他"土"了。所以，在周恩来等人选中清华的定型图方案之后，他也投了赞成票。可见两个组的人都没明白，也不可能完全明白他天马行空的审美趣味。其实在国徽整个的设计过程中，他给所有的人上了一堂新时代的无产阶级美学新编课。

新的国徽挂在了天安门上。

据说有功人员八名：梁思成、张仃、林徽因、张光宇、高庄、钟灵、周令钊等，每个人奖励八百斤小米。梁思成还建议多给高庄一些，因为他修改有功。张奚若也建议要给清华重奖，这都是刚解放的时候，他们真拿自己不当外人。到了反右的时候，张奚若先生才醒过闷儿来，但是为时已晚。

当时高庄建议，把所有的奖励都捐献给抗美援朝，得到无一例外的赞成。于是没有一个人去领取，都捐献了。

三

前两年人们还在争论到底谁是唯一的设计者，这是一个假问题。因为，细看这来龙去脉，其实并没有这样一个"唯一"的人。

钟灵老头实话实说：周恩来才是这枚国徽的总设计师，只有他才知道主席的意见，也知道如何安排在什么时间、地点让毛泽东有兴趣拍板。这是典型的集体创作，周恩来是这个集体游戏的舞台总监，毛泽东才是真正的主演，艺术家和建筑家都是适当时间出现的陪衬者和手艺人。

梁思成先生曾为清华大学的设计图最后被选中通过而骄傲。可以理解，这是书生的一种参与的喜悦。国歌让国立艺专的方案选中了，国徽当然应该轮到清华了，这种平衡术是周恩来的拿手好戏。

悖论是现在梁先生的崇拜者用毛泽东的肯定，甚至用张奚若的建议，要在这里为梁先生树碑。他们或许忘了，国徽悬挂没有多久，梁思成先生就被迫洗澡，要检讨自己的资产阶级烙印，甚

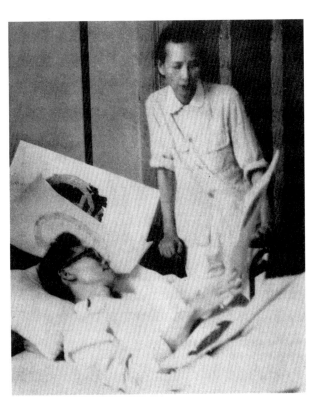

梁思成、林徽因审看国徽设计稿（林洙提供）。

至在报纸上多次自我羞辱。看来这个丰功伟绩并没能换来执政者的谅解和宽宥。

至于由他建议多给奖励小米的高庄先生，不久被定为反苏分子，还是被同一个代表团的艺术家检举出来的，很快就被送去劳动教养了。

可见开国时这些热情的自由知识分子和自由艺术家，都在一起走钢丝。后来都先后中箭落马，每个人的命运还是如此地不知所以，现在的多事者还有什么意思谈什么殿前争功？

据说，林徽因走之前，表示自己一生中只做过三件事：一是参加国徽设计；二是参加人民英雄纪念碑的设计；三是改造景泰蓝。这也许是她的肺腑之言，也许是她的崇拜者设计的桂冠。幸运的是她还没赶上反右，还没看见"文革"，但是她至少已经看见梁思成的建筑思想开始受到批判的尴尬岁月。她强调这些，或许是为将来梁思成的苦难，事先扔了一个救生圈。她冰雪聪明，或许已经从一九五二年对梁思成的批判，预感到她走后，梁先生还有大苦难在后面等着呢。

有些好心的后人需要这样的历史记录：写清楚她首先是个革命者、爱国者，是有巨大政治贡献的。他们希望强化这个记忆，以便让她以爱国者、革命者的形象，永垂不朽。

平心而论，写诗的、画画的林徽因是不是更加活泼动人？

对梁思成老先生一生最亮的闪光点，也有不同的解读。有人说：他老人家最光辉的时刻，就在于清华组的国徽最后定稿被毛主席选中的时候，这也是他和这个国家、这个时代恰好同步的短暂时刻。也有人说：应该是他在一再被批判以后，还为北京的城墙和寺庙拆除而大声疾呼，甚至和当时的北京市市长彭真激烈争吵，最后成了不戴帽子的右倾分子。那才是一九四九年后他灵魂中真正的亮点。

谢泳先生的《梁思成百年祭》一文，显然不同于前者的论点。他引用一本书里的话做了这样的总结：错批一人，多生几个亿；错批一人，少了个名城。

前一句说的是马寅初，后一句说的是梁思成。

我们那时候太小，不知道梁思成先生在一九四九年后是否有过某种宽松的日子，他在临终前会给自己拟定一个什么样的墓志铭？

记得普希金自撰的墓志铭是这样的：

我 的 墓 志 铭　　1815

这儿埋葬着普希金，他和年轻的缪斯，
和爱神结伴，慵懒地度过欢快的一生，
他没做过什么善事，然而凭良心起誓，
谢天谢地，他却是一个好人。

我想林徽因那样飘逸聪慧，如果她写自己的墓志铭，不至于比不上普希金的淡泊与宁静。一定要在她的墓碑上刻下政治正确美文，我想那也许是后人多事，真是以粗人之意度才女七窍玲珑心。

试想一九一七年以后普希金的祖国，那故事比中华人民共和国这个游戏，还要辉煌百倍。如果要歌功颂德，要有多少个空前？要有多少的第一？你手指头用完了，加上所有的脚指头绝对不够。

那时候为苏维埃社会主义联盟共和国设计国徽，那还了得？那国旗，那列宁巨大的铜像，那捷尔仁斯基的铜像……因此就出现了多少个列宁勋章获得者、斯大林奖金获得者艺术家，当时荣光无比，谁也不会怀疑：这些艺术家从此就流芳百世了。当年的欢乐，举国同庆，甚至得到世界范围内知识界、艺术界中相当广泛的欢呼。当年谁会知道，曾几何时，这一切不过是一定要消失的过眼烟云，而且消失得如此彻底，如此干净。

如今，除非是专门研究这段苏俄美术史的人，谁还会记得他们？谁还会说起他们？

然而穿过历史的浓雾，普希金俏皮的笑容，继续让后人忽然会心一笑。

7、铁棍子打不死

一

我那时是个希望爸爸当英雄的孩子，老想爸爸讲故事给我听。

我爸不提这些。不久前，他的崇拜者和梁思成的崇拜者还在胡争，爸爸和梁思成的家人反而对此比较平静和淡漠。

我只记得，爸爸从梁思成先生家回来，在本子上记了这两句话：

淡泊以明志
宁静以致远

我问他这是哪儿的话，他说：《三国》上的话，梁先生挂在墙上，很有意思。他也是个爱玩儿的人，会玩儿的人。

所以有人说爸爸像老鹰、大孩子，好多最有意思的游戏，都让他赶上了，还都玩了一把。活得有劲！这话说得比较中肯，后来我爸就在北池子北口的美术供应社和师傅们一起做出来第一个木头国徽。当时他的助手名字叫谷守，我那会儿一直以为他是军队里的鼓手，看他剃得那个光头很显精神，就像个战士。他和爸爸还有几个工人，呼哧带喘把中华人民共和国的第一个国徽挂上了天安门。

可能你听说过还有个老头儿，其实他也是大孩子，也是个糊里糊涂。可是比我爸有名多了，叫徐悲鸿，就是国歌的提名者，我前面给你讲过这个童话。

这两年他的知名度还继续看涨，主要是佳士德或苏富比的拍卖会上，他的油画一再拍出了天价。

我说北京还是童话时代那会儿，他还活得好好的，可他的画还没这个价儿。

我说的是一九四九年，那时他正在北京办着个艺术学校，就是著名的国立艺专。据说和清华大学一样，也搬到台湾去了一个，整个闹个双胞胎。有点意思。我后来也在这个学校毕业，可惜那时候已经改名为中央美术学院了。我很不高兴，如果和清华一样不改名，后来我去台湾玩的时候，就可以以假乱真到"国立艺专"寻访校友了，可以和现在的同学一起胡吹乱侃，顺便当那些美女校友的学长，多么美好啊。可惜。

值得欣慰的是，前几年我真认识了一位台湾"国立艺专"的同年校友，美术史系的毕业生。和我"同校"、同年、"同系"，武大郎过门坎——碰巧儿了，简直可以写篇报道。可是我们各自毕

爸爸和助手谷守（左二立者）、曹肇基（前排中），与工人一起准备把第一枚国徽挂到天安门上。

业二十多年以后，才突然认识了。

他叫黄永松，现在是台湾一家叫汉声的出版机构的老板。可是他绝对是个艺术家，那才是真正的大孩子，比徐悲鸿老先生天真多了。

我和他认识，是因为和他，还有他的同事吴美云、奚松，我们一起去延安。他们的目的是搜集陕北的民间艺术品，剪纸、泥娃娃什么的。我的目的是"寻根"——中国文化原生态的"根"。对我来说，是双重寻根，我就是在那个山旮旯的窑洞里生的。

我们是冬天去的。狂风怒号，来回使劲地篦那荒凉的千山万仞。黄土的沟壑，深得让你心里没底。我过去只见过牛肉干儿，这是土地干儿，全被阳光和朔风滋喇滋喇刮得一干二净，只剩下大地的骨骼。

我们住在宾馆级的窑洞里，炉火旺得铁壁鲜红透明，和莫言透明的胡萝卜一个成色，可那被窝照旧是透心凉。

我明白了，我爸我妈都是天生的童话人物，几十年前，竟敢从上海搬到这个地方来受罪，还居然愣把我生在这儿。他们比我还糊涂好几倍，要不就是比我还爱看童话给看出来的毛病。

二

我妈妈一直是一大怪。

我妈进了北京，就进了中南海。那时候她的工作单位叫政务院，也就是后来叫国务院的那地方。根据姐姐的说法，妈妈那时就当了周恩来的秘书。因为妈妈那么有才干，办事又麻利。

可是我觉得，这只是我姐姐的想法。广义上大概可以这么说，具体情况我们小破孩知道什么？我觉得那儿是非常复杂的地方，如今你要想找到有关的历史记录并不容易。再说，我妈妈在那儿只工作了一段时间，很快就退了下来，没有什么记录也是自然的。她那会儿到底在中南海做什么工作？她出来以后，大概有什么规定之类的，连提都不提。

当然，这个秘密只有对我和我姐姐，再加上我弟弟大伟才有点儿重要。对其他人来说，爱干吗就干吗了呗。我知道她当时的工作至少和西花厅有许多关系，因为她偶尔会说那个地方，只是从来不提人名。后来回家以后，她一度把我们家的西屋也叫西花厅，可见她对那段日子，还是有深远的怀念。

那会儿我只知道，妈妈忙得不得了，虽然我们家离中南海并不远，可是她总是早出晚归。幸亏都在食堂吃饭，否则我们全家都要饿饭了，因为我爸和我们一样什么饭都不会做。我妈那一段时间似乎很热爱她的工作，她在为建设一个崭新的中国而努力，坐到一个似乎举足轻重的位置。那是当时许多青年的夙愿。

可是就在我们要搬家的前夕，她突然毅然决然地离开了中南海。为了什么原因，至今我也搞不清楚。虽然断断续续听妈妈讲过一点儿，但是我一贯心不在焉，就算不糊涂估计照样不得要领。

妈妈后来有一次告诉我：有一天上班，天气还特别好，似乎是快过节了，每个人发了一包东西。她正收拾东西准备回家，他们头儿叫她留一下。原来是通知要做党员重新登记，因为在要害部门工作的同志，组织手续一定要清楚。

我妈平静地回答：我不是共产党员。

她的顶头上司大吃一惊，什么？你从白区到延安，在延安还参加过整风，在"四野"的时候，还当过李立三的秘书，参加过许多重要军事会议，居然一直不是党员？简直不可思议！

好在那个领导还比较通情达理，好在那时全国还在欢庆时期（还没开始镇反、肃反那类运动呢），他微笑着说：我们太疏忽了，你也太马虎了。快些补一个入党手续，尽快把入党申请书交上来。如果是非党员，就不能在这里继续工作了。

我妈平静地说：在延安，在东北，组织已经和她谈过许多次了，要她积极入党。可是扪心自问，觉得自己不够党员的标准，所以就没有申请。现在，她还是觉得自己不够这个标准，不愿意为这难得的工作，做违心的事情。如果申请，就是欺骗了组织，也欺骗了自己。

她的领导张了几次嘴，都没有找到适当的回答。他心里一定只有两个字——怪人。

无论她的顶头上司还是她的同事，都认为肯定她的脑袋里不知什么时候进了水，也许是在撤离延安渡过黄河的时候吧？要不怎么糊涂到这个地步。

到今天我也不知道她辞职的真正原因，因为那时候，还没有听说在新中国这么光荣的岗位上居然有人敢于辞职，居然拉着不走，还倒着退。

很久以后，有一次她对我说：京官难当，中南海的官更难当。那里面的秘书，就是眼观六路、耳听八方都不够，还要学会唾面自干、如履薄冰，就这样还是不知道中南海的水到底有多深。

"文革"以后，一次我妈和我谈到田家英自杀的事情，她说：他比我聪明百倍，可是他不如我知难而退。可惜我妈那时还不知道田家英到底是怎么死的，要是她听说了某些传闻，不知道她又会做何感慨。

我妈到底遇到什么事情，使她下了这么大的决心？到底什么使她毅然决然挂冠而去？我不知道，也没有人会知道。她生前对此没有说过一句话，牵扯一个具体的人，一件具体的事。一切都在虚无缥缈中，她比我们智慧百倍。

就这样她选择了去教书，到北京第五中学教语文。这样的选择，成了当时这个圈子里的一大新闻。过去我爸已经是延安三大怪之一了，现在我妈又成了北京一大怪。老爸在我党教育培养下，到了北京看起来已经不算"怪"了。估计有了我们，没辙，他还是得老老实实，养家糊口。

暑假我和妈妈一起去五中图书馆借书，在走廊里见到一位姓黄的老头儿。妈妈说，这位老先生解放前也非等闲之辈，但在北平和平解放之前，他就主动提前解甲归田，成了这个学校的一位留用人员。我妈是从延安来的上海人，他是从南京来的北京人，虽非同朝人，皆为解甲人。在这奇怪的年头儿，因了奇怪的际遇，成了奇怪的同事。据说这个黄老头，能掐会算堪称一绝。也许，他就是因为算出了中国的命运到了历史转折点，所以才放弃南京的职务，宁愿回到老家北京。

在五中，人们都知道这个传说，可这老头儿，非常谨慎，从不多说一句废话。

在五中黑咕隆咚的走廊里，我妈对他说：黄先生，这是我的儿子。快叫黄伯伯。我小声地咕哝了一声。那个黄老先生，笑着点点头，突然大声地叫道："这孩子命硬，铁棍子也打不死！"

我妈听了哈哈大笑，说："真准，这孩子好几次都差点儿死了，可是最后都愣活过来了。"黄老头不接这话茬儿，笑着说："放心吧，铁棍子打不死的。"我妈一愣，拉着我就走，觉得话要这么说，可是太不吉利了。我笑了，说我妈迷信。我们俩都没想到，真正的铁棍子还在后面呢。

那时候，我和我妈理解黄老头儿的话，都是按照过去时态理解的。因为当初我能活下来，绝对是个奇迹。

据说我生下来以后，我妈的眼睛就看不见了，大概有限的营养全用在我身上了。我爸找到的唯一的药是一串羊肝。笑死人了，他还没来得及找到其他的药，就让一些莫名其妙的人以一莫名其妙的名义抓走了。真可笑。

8、生正逢时

一

　　我爸有时候运气特别好，这次关了不算很久就放出来，没吃红糖面条就变成好人了。他正关在延安另类窑洞的时候，突然国共假装说好了要合作，于是中共中央就同意外国的记者团来看看这个黄土堆里的理想国。接着有个国内的记者代表团，也要来住一段仔细参观。这样延安就得接待这群记者了，有美国的也有中国的，人手自然不够，好多人都正关着呢。后来我看了美国史沫特莱写的报道，也看过赵超构写的《延安一月》，他们写的是蜻蜓点水的仓促感受，但他们的到来至少促使中共中央决定放出来一些人。

　　我爸就属于必须暂时放出来的一个，因为他有很多上海和南京的记者朋友。组织上和他谈话，为了理想国的美好形象，不要和他们"说三道四"，比如，关于老爸被关起来的事情等等。我爸那人，组织一好好说话，他脾气自然也好了，对那些记者什么废话都没说。组织慢慢就看出来他不像特务了，还是像个好人。组织的眼睛是雪亮的。

后来大家都成好人了，杜矢甲也放出来了。杜矢甲也是从东北来的，来自哈尔滨，是个歌唱家，专门唱夏利亚宾老唱的《伏尔加纤夫曲》。他觉得自己就是夏利亚宾再世，在街边买了双俄国的皮靴，但是因为太长了，膝盖不能打弯儿，就只好中间栓根绳儿背在背上，当个道具。就这样一路唱到延安。

那晚上，他挺身而出为我爸仗义执言，第二天会议就改成要他交待了，他当然没什么可交待的。于是，把他也关了起来，可能是因为他还没有结婚，更没有生病的孩子，抓起来比较方便。在押送的途中，他纵身跳下了一口井，可惜还是可喜——那是一口枯井。他自然没死成，摔了个鼻青脸肿。真是个火爆脾气。这会儿，他也放了出来。大家要一齐上前线了，其实这拨人就是要上东北了。

当大队人马要出发进军东北的时候，突然大家都不走了。不走的据说就是所谓文艺大队，他们在抢救运动中，都被扒去了一层皮。这时候和唐明皇在马嵬坡的故事形式差不多，也是"六军不发"了。不过当年是要杀"祸水"杨贵妃，至少那还是个倾国倾城的美人。这个"杀"字里，含着多少辛酸，多少浪漫，多少施虐。"想要她就得杀她"，说不清道不明的集体亢奋，杀完了大队人马才走动起来。

爸爸作的《玄与素》（一九九一年）

可是，现在大家要求枪毙的人可没那么漂亮，是外号叫"王麻子"的人物。他得到康生的真传，在那些难忘的日子里他捧着一碗碗红糖面条，让多少人含泪吞下，也成了很多人最后的晚餐。

"不枪毙王麻子，我们不走。"

我爸爸、妈妈、姐姐都在这个队伍中。其实我也在，不过我在毛驴背上的一个柳条筐里睡觉，对我说来无论什么都没我的睡眠重要。我的毛驴和大家一起纹丝不动。因为那时候毛驴和我们一起，都相信这个童话是真的，如果是假的，前进就大可不必继续了。出发的口令，干干地在夜空中飘着，没人动弯儿，没人说话。

队伍一动不动。

关于最后队伍终于走了，有许多个版本。

最让大家愿意讲或愿意相信的版本是：毛泽东来了，给大家敬礼、鞠躬。我曾经姑妄听之，现在就姑妄言之。至少这是毛泽东最喜欢的一种出人意料解决问题的方式，在中国三年自然灾害的时候，他老人家在北京七千人大会上为"大跃进"的失败，为饿死千万百姓的过失，也是用三鞠躬给大家道歉的。

后来我就弄不清了，只是知道中国百姓愿意听这种故事，听完了就可以谅解统治者的苦衷，比当年曹操割发赎罪可容易得太多了。

据说毛泽东来了，看到这个阵势，知道不好办了。

他突然给大家深深地鞠了一躬，说：

我给大家道歉。你们受委屈了。抢救运动伤害了许多同志，也死了一些人。王麻子有很大的错误，但是根子在中央，我们要承担责任。枪毙他很简单，但是他也不过是在执行命令。脾气不太好，作风粗暴一些，还是好心办了坏事。革命的力量是很宝贵的，我看还是留下他来打老蒋吧！

很多人都哭了，队伍缓缓地动起来，终于开始了进军。

他们不知道，当他们离开以后，一个和他们一样的读书人，大概也是因为脾气不太好，就在撤离延安的时候被枪毙了，有人说是用斧头劈死的。他叫王实味，写过一组文章，名字很诗意——《野百合花》。可能这些野百合还开放在他洒下鲜血的地方。

二

我爸就是这样穿着一身黄军装走进北平，后来那里改回古名叫北京了。

和他一起这样进北京的，还有一位当年苏州反省院里的难友，是个诗人名叫艾青，也穿着同样的黄军装。还有在延安一起画画的胡一川，还有蓝马、凌子风等等。他们都穿着军装，胳臂上戴着一个红袖章，上面写着：中国人民解放军军事管制委员会。

一九四九年二月十五日，一群穿着黄军装的人走进王府井后面的校尉营胡同里，进了学校。这五个人的名字是：胡一川、王朝闻、罗工柳、王式廓、张仃。这五人小组就这样高高兴兴走进北平国立艺专，把这个学校给接收了。后来我仔细想想，"接收"的意思应该是从敌人手里获取战利品，可这是徐悲鸿老先生办的学校啊！

哦，坏就坏在"国立"两个字，那边是国立，这边正在准备建国。所以是旧国的东西，必须得接收了。据老先生们说，那天这些戴红袖章的人，都喜气洋洋的，很和气的。很多人都记得其中包括我老爸，可是我老爸再也没和我提过这个茬儿。我问过他，他似是而非地说了几句什么话，领导决定的啊什么什么。

大概同时艾青、蓝马等等穿军装的文化人，也都在那天前后，接收着其他的什么单位。和我小时候看的苏联电影一模一样，那电影叫《马克辛的青年时代》。他也是戴着一个红袖章就去接收了一个国家银行什么的。我想爸爸就是青年时代的马克辛。爸爸那年已经三十二岁了，肯定比马克辛大。

但是等我三十二岁的时候，还蹲在大狱里什么都不是呢。九斤老太说得好：一代不如一代。我们也许眼泪汪汪地自我辩解说：我们没赶上改朝换代的好时光啊。哎，全耽误了。

你想从延安窑洞里来的这些梦想者，要建立一个崭新的中国，要办的事情太多了。接收了这个学校怎么办，大概还没人来得及想。反正先为建国做准备，先成立了一个中央美术学院美术供应社，由原来的华北大学三部来管理，其实这就是延安的那个鲁迅艺术学院。

美术供应社就在我们搬到北京居住的草垛胡同十二号外面的大院子里。那个院子很大，足够为开国大典准备各种必需的东西，比如勋章、奖章什么的，比如各种大型标语什么的，比如红旗、灯笼什么的。以至到了第二年，人们在那里用木头做了挂在天安门上的第一枚国徽。这第一枚国徽刚做好，清华大学的一群老头老太太赶来参观，看看做得怎么样。那里边都是不得了的人物，可惜我那时太小，分不出来到底谁是谁。

同时，在那个院子里还要画很多中外革命领袖的巨像，我爸在北平学画的老同学张振仕先生那时候是绝对主力，他的素描功底一流。

他整天闷在一个黑屋子里画画，因为画领袖像必须用幻灯把正片打到整面墙那么大的画布上，那种画像是一点也不能含糊的。

那时国立艺专就和华北大学三部合并了。大家都不拿工资，而是拿小米。应该说拿到手里还是钱，但是刚刚和平解放的北平变成了北京，城头骤然变换大旗，钞票怎么算，物价乱套了，所以一切都用小米的价格来计算。反正人人都要吃小米，民以食为天。

小米成了基本的计价单位。毛泽东说他就是靠小米加步枪打下了九百六十万平方公里的大好江山。打下来以后，继续用小米计算比较方便。大家吃了小米，就可以把革命进行到底嘛。那时候的《人民日报》每天都要发布物价表，小米今天多少钱一斤，豆油多少钱一斤，煤球多少钱一斤等等。每天都在变化中。所以进城了，互相最常见的问题是：你一个月挣多少斤小米？要是那时候，我老爸把那些小米都买回来，囤起来，到困难时期就发了。当然，这是孩子们的笑话罢了。

其实我们在山沟里主要吃小米，到了北京主要吃高粱米。我后来想：当时那些老教授，乍一吃高粱米，不知是否适应？是否顺利下咽？我也不喜欢吃高粱米，可是在建国的喜悦中这都成了次要的事，我要说这不好吃，那就成落后分子了。

在筹备这些事情的时候，我爸把差不多的老朋友、老同学都用上了。我想一来他为了完成任务，二来也让他们有机会为新社会服务。他的老同学王清芳也是画国画的，当时生活相当清苦，爸爸一有适当的活儿就让我去跑腿儿送个信儿。好在，他们家就在不远的北池子大街上。

还有一位老朋友是刘凌沧先生，那时，每天早上拎了一个小包来上班，没有办公室可去，就到我家来上班。我那时正好放假，他就用我做功课的小方桌。他的线描功夫一流，爸爸总会找来各种活儿留给他做。

爸爸上班之前再三嘱咐我，自己好好玩，不要影响刘伯伯的工作。爸爸一走，我就趴在他旁边，看他魔术家一样的手，勾出来的线又匀又长，使我惊叹不已。他告诉我他的儿子比我大，很用功的。我自愧不如，于是找来张纸，试图用功一把，几经努力，发现自己并没有绘画的天才，也没那个耐心烦儿。

从那以后，他每天来都带给我一本日本出版的儿童漫画书，还是彩色的。我一看就入迷了。最使我难忘的是那些和我一样大的孩子那么幸运，居然就住在海边，用绳子把一个个罐子沉到水底，一会儿拉上来，啊！里面就住进去了各种各样奇怪的鱼，此外还有海星，还有海马，还有墨斗鱼。

后来爸爸找到一间大一些的房子，刘凌沧先生在那里非常耐心、精准地临摹了唐代张萱的名画《捣练图》。爸爸找来琉璃厂有名的裱画师刘金涛师傅，把这张临摹作品用上好的绫子装裱起来。接着很多人来看这张画，都赞不绝口，我在旁边转来转去，好像因为我看见刘老先生怎么开始画的这张画，这个宝贝就和我有了某种联系。

后来刘凌沧伯伯就不用来我们家上班了，他去中央美术学院教书了。我想这张画一定起了作用，当然这只是一个孩子的想法。

在一九四九年十月一日，毛泽东站在天安门城楼上宣布：中国人民站起来了。

这时候我老爸和他的老同学蓝马正好挨着站在观礼台上，蓝马笑眯眯地对我爸说："当初咱们要不是让老高给供出来，顺便就蹲了班房，现在也站不到观礼台上，这会儿至少得站到东单牌楼以外，和那些群众一起慢慢等着游行吧。"我爸本来还很严肃的样子，这会儿忍不住"噗"的一声笑了起来。新的中国，新的时代，还真是让他们赶着了。他们生正逢时。那时候的北京，真像一个童话。

9、大喜的日子

　　那是一九五〇年初吧，我才六岁。我妈说我五周岁，因为我妈什么事情都记不太清楚，看我的样子又神不守舍，觉得我大概还很小，就算是五岁吧。其实我什么都记得，什么都知道。可是我似乎有些语言障碍，除非讲故事，其他时间就很少说话了。

　　到一九五〇年四月一日，在建国半年以后的大喜日子里，中央美术学院成立了。有人说就是这一天，我老爸他们一起坐在大礼堂的舞台上，徐悲鸿老先生极其严肃认真地读出了发言稿。

　　他用南方的国语读道：要在"启发人民的政治觉悟，鼓励人民的劳动热情"的纲领下，创造民族的、科学的、大众的新中国美术。

　　他老人家真是够不容易，过去办学，最多有个办学宗旨就行了，现在就得有个纲领了，要跟着纲领走，还得仔细明白纲领的含义。如果用画幅来启发中国人民的政治觉悟，实在是不大容易。因为那时候，他老先生并没有机会读过毛泽东在延安文艺座谈会上的《讲话》。穿军装来的这些人，都参加过这个座谈会，《讲话》早就背得滚瓜烂熟。所以对这个纲领，他们就很容易理解了。那时候，徐老先生肯定还暂时晕着呢。

台下的国立艺专的老师——不，现在一夜之间都变成中央美术学院的教师了——譬如教国画的李可染先生会明白个大概齐，他曾经当过进步学生，对这种术语不算陌生。况且，他和另一位穿黄军装的朱丹先生，是当年一起学画的老同学。朱丹恰好是个革命队伍中的稀有动物，官不小，架子不大。有这样的朋友，心里踏实多了。况且，李可染的太太也是向往革命、勇往直前的新青年，有邹佩珠女士相伴，他就不至于一头雾水了。新名词再多，架不住整天体会，还是可以明白个大概齐的。

董希文先生呢，油画功夫了得，人们都知道他是法国派的油画家。那时候法国油画家和革命者的意思差不多，因为二次世界大战时期是以反不反法西斯作为革命与否的界限。后来，世界形势变化以后，在中国"法国油画家"就和反动派的意思差不多了，当然这是后话。

一九四〇年在延安，那些美术工作者们对马蒂斯、毕加索等人的西方现代绘画曾经进行批判，据说这和我老爸在延安搞了个《人像展览会》有关系。他在上海和张光宇、张正宇兄弟一块儿现代过一把，当然他是小老弟，那时还有叶浅予、特伟、胡考、鲁少飞等等，都一起玩漫画。

我老爸不知怎么想的，到了革命圣地，还不忘他的上海摩登漫画，自作主张一口气画遍了延安文艺界各位朋友的漫画像，兴致勃勃，就开始办展览会。可是他不知道那时候大家都已经是公家的人了，差不多都有了一官半职，或者将来会有更高的一官半职什么的。所以有些人自然不高兴了，这可不是在上海滩玩闹的时候了。

有人记得，当时一位领导看了勃然大怒，说：怎么居然把刘白羽同志画成了一只兔子？其实我爸不会真那样做，只是那位首长不明白，漫画像就是必须夸张。您看着像兔子，其实那真的不是兔子，那绝对是刘白羽先生的漫画像。想当年胡考在《万象》杂志上画的蒋中正，你可以说像把菜刀，吴稚晖大概是棵白菜、孙科整个就是一个踢坏了的足球，谁看了都觉得有趣，当局也没因此把胡考怎么样。延安应该有一个更自由活泼、更宽松的艺术环境。

可是在思想革命的熔炉中心，我爸却被警告了。好在担任鲁艺美术系主任的江丰先生也是从上海来的，至少他见过这些，对我爸的疯疯癫癫有所了解，要不是他的关照可能我爸早就遇到麻烦了。

好像就从那时候开始，我党就明确规定了，不许画革命同志的漫画像，更不许画任何领导同志的漫画像。一直到一九八几年胡耀邦当上领导人的时候，才允许画家幽了他一默。但是很快就被有关方面坚决制止了，至今不能乱画的规定依然有效，似乎还是永不过时的样子。最近，也有了这方面的漫画，当然，是"歌颂型"的。这已经算迈一大步了，我们实在是个严肃的民族。

过去谁敢给当权者画出漫画像，谁就是外来势力派来的敌人或者是心怀不满、别有用心的异己分子。于是我们就这样一直绷住严肃至今，这都是有关部门控制得好。

在延安时江丰先生和胡蛮先生虽然认为这些现代绘画、形式主义倾向是一种歪风，但还没有上升到认为这是特务进攻延安的一种战术，那会儿大家还都比较正常，因为还没开始搞运动呢，玩儿的游戏规则大家还都能明白。

我爸虽然人还不错，传播这个歪风还是不好的。他就是那个歪风的代表了，最好反掉我爸身上那个现代派的歪风，留下一个我的革命爸爸。好在战争时期，人们不那么较真。战争时期什么都可能发生。果然。

一九四五年三月，延安《解放日报》发表毕加索的文章《我为什么加入共产党》，并刊登了他的作品《踏着圆球的女孩》。那时人们就明白了，毕加索是自己人，是无产阶级国际主义战士。那样一个知名人物，投身到共产党阵营，说明真理的召唤，货真价实。

对我爸来说，这简直就是老天爷的雪中送炭。于是我爸理直气壮地从箱子底翻出来一张毕加索油画的印刷品，把它贴在我们家的窑洞里。那时的人比后来的人简单得多，毕加索已经是自己人了，他的画就没人再批判了。这张画就是两只眼睛长在一边、鼻孔朝天的戴帽女子头像，从延安到东北，从东北到北京，一直悬挂在我们家墙上。我从小每次看到这张画，就左歪右斜甚至头顶着地，试图看出来，这个女孩子到底是怎么长的。

我爸就是这些黄棉袄里的一个另类，一个怪儿童，不让他玩儿都不行。

难怪他的一位老朋友华君武不无调侃地给他起了个外号：城隍庙加毕加索。

10、台下的老师们

一

我爸作为一个延安人到美术学院的时候，估计他的心情非常复杂，真是百感交集。两个角色让他困扰，使他茫然：一会儿他是革命战士，一会儿他是崇尚现代派的画家，不同的角色要他说着不同的话。难怪后来他的助理教授王鲁湘就写下了关于我爸红与黑的交集、纠结与互补。

一个进步青年告诉我爸——那时候老爸还穿着黄军装，他说：董希文是法国派的油画家，甚至留过学。在当时，颇有些"汇报"的意思。我老爸没有大惊小怪，反倒很好奇，问：是从法国回来的?不是，是从敦煌回来的。不过倒是真和正经八百的法国人学过油画。

他的确留过学，还真是和法国人学过画。那是在越南，在河内。他在那里学到许多地道的法国油画笔法，或者说他学会了法国油画家的视觉，学到了法国绘画的真髓。如果你看过《印度支那》那个电影，你就会知道当时的越南有多少法国艺术家在那里折腾，有多么浓厚的法国意思。

法国是革命的发源地，法国油画就是革命的油画，所以董希文心情愉快，战争时期他在敦煌又临摹了几年的壁画。你想那个时代，愣能坚持几年在沙漠里的敦煌闭门造车，心里没有个强烈的期许，谁能呆得住？和我爸在延安窑洞里的日子，可谓殊途同归。

董希文的老师常书鸿先生自己决心在那里永远呆下去的时候，多年的结发妻子实在无法忍受了，毅然决定分手。一天，当常书鸿先生不在的时候，她一跺脚就远走高飞了。常先生回来以后，董希文都不知道如何通知他这个雷击般的消息。稀里糊涂说了半天，常先生终于听明白之后，跳上一匹马绝尘而去，跑了二百多公里，昏倒在无垠寂静的沙漠上。

艺术家都过着不是常人的日子，可是人们还要过常人的日子。谁都没有错，错在沙漠。常先生无声无息躺在无边的沙漠上，差点儿被这无情的沙漠吞噬掉。万幸的是，恰好遇到了在玉门找矿的地质工程师孙建初和一位老工人，这才捡回了一条命。但是常先生没有办法捡回过去的家，敦煌就是他的家。

那个时代的艺术家，就是这样稚拙和执着，一条道走到黑。

董希文有福气，妻子张林英甘心情愿和他留在敦煌。两个孩子都生在甘肃，当然只有兰州才有像样的医疗条件。他们一家定力十足，所以新中国的要求和变化对董希文来说，没有什么不可适应的。他喜气洋洋，兴高采烈，自己孕育多年的构想，在这个新的时代就要应运而生了。

大儿子叫沙贝，大概是沙海拾贝的意思。二儿子叫沙雷，大概是沙漠里一声惊雷的意思。似乎就在那段日子前后，常书鸿先生画了一张很有名的油画，画面上那丛花红得像燃烧的火焰，其他静物都被花朵吓得绷紧了弦，那画看得我两眼发直。这就是《平地一声雷》。很多年来，我一直以为"平地一声雷"是常书鸿先生要表达的意思，后来才知道，原来这是那株红花的名字。无论如何，这张画本身也是平地一声雷。再后来，沙贝告诉我，其实这花不过是君子兰而已。

那个时代许多新派画家、文学家，觉得自己天生是革命者，毕加索是共产党员，法国诗人艾吕亚也加入了共产党。可见艺术的革命和社会的革命是一致的，这的确是一种天真的历史误会。艺术家左倾是那个时代的潮流。

其实苏联诗人马雅可夫斯基早就有过同样的误会，他在自传《我自己》中，把十月革命称为：我的革命！然而，在列宁、斯大林对他盛赞之后，在三十七岁的时候，他用手枪打穿了自己的心脏。有人说，天才的诗人，这岁数在俄国是个坎儿，普希金、莱蒙托夫、叶赛宁差不多都是这个年龄死去的，都是死在手枪下。马雅可夫斯基也步了他们的后尘。

老叶写过这样的诗句：人活着不易，可死去更难。

老马在纪念老叶的时候写道：人死去不易，可活着更难。

可能这和时代无关，和革命无关，可能只和诗与爱情有关。

董希文一九四七年初到北平留影。

一九五四年，董希文给学生讲课。

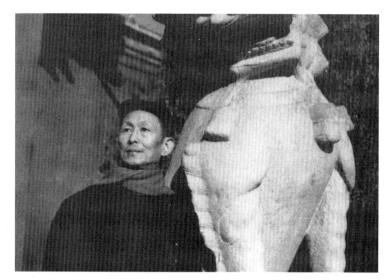

一九七一年，这时董希文已被确诊为癌症。

董希文和中央美院的学生在一起。

董希文在北平和平解放之前，就被地下党看中了，知道他嫉恶如仇，当然憎恶当时国民党政府的腐败和黑暗，向往一个光明的中国。后来沙贝告诉我，那会儿，他爸爸年轻勇猛，像其他爱国艺术家一样，为即将和平解放的北平刻制宣传的传单。他把木刻的原版揣在怀里混过宪兵的盘查，回到大雅宝胡同甲二号，用被单遮住了窗口，就在自己家里悄悄地油印传单。那绝对是自愿、自发、自觉地迎接一个新时代来临。

　　组织上了解沙贝他老爸，就请他去说服留洋回来的名医，当时担任协和医院院长的李宗恩先生留下来不要走。祖国需要他，人民需要他。其实，董希文先生并不直接认识李宗恩先生，但是他和李先生的胞弟李宗津是油画界的朋友。两人都是当时油画界有名的后起之秀，才华横溢之辈，也是正在冉冉升起的明星。

　　可以想象，北平当时兵临城下，董希文先生单枪匹马远赴燕京大学，就为说服李家兄弟留下，是冒着极大危险的。董先生一片丹心如此赤诚，当时他究竟说了些什么话，我们永远不得而知了。

　　但结果我们是清清楚楚知道的：李宗恩一家，李宗津一家，都因此留在北平不走了，他们没有像另一些同样留洋回来的读书人不得不匆匆南下。

　　李家兄弟俩决定留下来的时候，可以想象董希文先生有多么高兴。北平地下党领导人比如说彭真、刘仁，一定为新中国留下了不可多得的人才而由衷高兴。可能他们并没有想到，或许任何人都没有想到，八年之后，这兄弟二人被双双打成右派，从此入了另册。历史老人开起玩笑真不含糊，让一个医术精湛的医学专家，一个有天赋的油画家，这么兄弟俩，就因为相信了一个童话，都成了八大山人——哭笑不得。

北平恢复为北京之后，董希文先生名正言顺地从国立艺专变成了中央美术学院的教授。他的夫人张林英女士，就在当时的出版总署做美编。出版总署后来分出了两个出版社，一个是人民出版社，另一个是人民美术出版社。

人们知道，那个时代全国最最重要的出版物是《毛泽东选集》，当时已经有了延安的版本和东北的版本。那时候，出这本书是不得了的大事，当然，到了后来就变得更加了不得了。建国初期，要出版最新的北京版毛选。我们家住在北池子的时候，爸爸拿回来刚刚烧制的毛泽东侧面肖像，据说那是王朝闻先生的大作。可以说，毛主席的塑像，从艺术性上来说，又上了一个台阶。后来，人民出版社就把这个浮雕像用在了毛选的封面上。封面是淡黄色的底儿，中间安放着侧面头像。我们每家都有这套书，沙贝认为这是所有同类书里，最优雅的一种版本。

二

那会儿，最没明白的大概是李苦禅先生，他对艺术是一腔热忱。他是画花鸟的，齐白石真正的入门弟子。他又是有名的票友，专攻铜锤。他认为艺术是相通的：他在耍钢叉的身段中，找到了笔法的韵律。他在举笔点染的时候，挥洒出唱腔委婉逦迤的痕迹。可是如今这花鸟画怎么启发中国人民的政治觉悟？他左想

李苦禅先生和齐白石先生
(三十年代)

晚年李苦禅
(一九八一年)

右想还是想不出一个所以然。

李苦禅先生当年是齐白石老先生最得意的弟子，齐老先生这样盛赞过他：

余门下弟子数百人，人也学我手，英也夺吾心，英也过吾，英也无敌，来日英若不享大名，天地间是无鬼神矣！

一个老师对一个学生的赞扬，莫过于此。

应该补充一句：李苦禅先生那会儿还叫李英呢。

后来据艾青先生回忆，毛泽东对他的老乡——湘潭老人齐白石老先生相当地关注。可能就是因为齐老先生还是中央美术学院的名誉教授，这些对新社会或者新政权实在没用的花鸟画家，不好意思立马砸了他们的饭碗。

据说，李苦禅先生还是一度失去了教职。他曾经上书给毛泽东本人，年轻时候的李先生曾经在北大附设留法勤工俭学会读书，和毛泽东有过数月同窗之缘。

本来他和毛润之一心要去法国勤工俭学，然而，法国当局鉴于当时这些学子"品流复杂"——其实就是有一批像毛泽东这样的农民革命运动家，唯恐影响法国国内局势的和谐安定，决定这批勤工俭学的学生一律不给签证了。

真是历史不可改写，不能来个时光倒流。如果那回毛泽东去法国留学了，他在建国后或许比较可以听周恩来、邓小平他们的建言？或许中国的苍生多了些郁郁葱葱？可是有谁能猜到历史玄机？又有谁知道润之的方寸之间会有什么变化呀？

当时李苦禅先生借着酒劲，挥笔上书给当年的毛润之：

现在我的事情，蒋介石不管了，我只好找你了……

刚建国的时候，人情还是很浓的，都还比较像普通人，还没修炼成为特殊材料制成的那种人。经过昔日同窗的过问，李苦禅先生才勉强保住了这个中央美术学院的饭碗。

后来沙贝告诉我：他爸爸告诉他，有一天，老邻居李苦禅先生约他过去喝个茶。一进门看见他老先生正在摆弄一卷宣纸，像是古时候的手卷那样横着慢慢展开，原来就是他用毛笔写给毛主席的那封信。沙贝认为，这么特别的信才能引起毛先生的注意。那时候，给毛先生写信的人实在太多了。

三

一九五〇年四月十五日，中央美术学院成立了，徐悲鸿先生担任院长，江丰同志为副院长，吴作人先生是教务长。

我觉得我爸是个了不起的革命者，那年头儿这句话的意思，就是当时玩儿得最"狂"的意思。孩子眼睛中，老子都是天下第一。我估计，"老子天下第一"这句话就是这么来的。后来人们不知为什么开始都自称为老子，那些人可能比我还混了，当老子有什么好处？而且你当了老子就天下第一了？可笑，当老子的苦楚一时半会儿是说不清楚的。等你有了儿子才是老子，才知道老子的滋味。

如果说老子是指李耳先生，说他天下第一，我还可以接受。说明你认为他老先生的哲学比较对你的胃口，各有一好嘛。你有权这么说，他也可以把这句话改成：庄子天下第一，孔子天下第一。各有所好。

我爸穿黄军装进中央美术学院的事情，他从来没和我提过。后来他糊里糊涂当了个文官以后，就成了上级。于是他的下级对我特别热情，有的人看我比我爸还糊涂，就悄悄告诉我，我爸在这两亩三分地里，威信很高，地位显赫。那时候谁听了这话还不高兴？其实我们都忘记了老子的哲学：福气就是祸源啊。

也就在一九五一年，这些走到一起的画家合作了一幅抗美援朝宣传画，这是他们在美术发展新方针下空前绝后的一次合作，作品是《朝鲜人民军和中国人民志愿军胜利万岁》。作者是这样刊登的：张仃、董希文、李瑞年、滑田友、李可染、李苦禅、黄钧、田世光、邹佩珠、吴冠中。

对延安来的画家来说，画这种革命宣传画真是轻车熟路，可是对原来国立艺专的教授们，真是一个新的尝试和开始。你想，这些画家本来就不属于一个画种，更不是同一种风格。

董希文先生是油画家，画宣传画造型方面当然是可以胜任的；滑田友先生和邹佩珠女士都是雕塑家，这就有些勉为其难了；到了山水画家李可染先生，大有赶鸭子上架的意思，好在他有些人物造型的底子，过去还画过人物素描；李苦禅先生的特长是花鸟写意，他习惯的是八大山人的艺术语言，不把美帝国主义点染成乌眼鸡就行了；黄均先生的特长是重彩人物线描，那至少可以勾勾轮廓线；田世光先生的工笔花鸟，也只能一起勾边了；吴冠中先生那会儿脑子清楚，这时候可不能把法国派的点彩抢到这宣传画上；李瑞年先生是从布鲁塞尔回来的油画家，他和吴先

大雅宝院里的合影，大约摄于一九五〇年初。

中间坐着的老者是齐白石先生，他前面蹲着的是李苦禅先生。左起第二位是李苦禅的夫人李慧文女士，抱着大女儿李琳。她右边的男士是齐白石的儿子齐良迟先生，再右边的先生是齐白石的另一个儿子齐良未先生（一说齐良止），他们后面是徐悲鸿、廖静文夫妇。右边最前面的女士是李可染夫人邹佩珠女士，后面抱孩子的是李可染先生，抱着的孩子应该是女儿李珠，他们右边是滑田友先生。最后一排右边第一位是叶浅予先生。在李可染先生和女儿后面中间的是王朝闻先生。

生一样都得收着点儿，悠着点儿。现在看到这张集体创作的宣传画，似乎看到那时全民同仇敌忾、意气风发的样子。

这些画家被收编之后，后来岂止是洗澡了，拿阿列克塞·托尔斯泰在他小说扉页上的话来说，他们还要——

在血水里泡三次，在碱水里浸三次，在清水里洗三次，才可以干净起来。

哎，革命真不容易。后来听说燕京大学很快就被取消，和城里的北大合并了，这就是现在的北京大学。清华那边的日子也一样不好过，那边洗澡水肯定比这边烫多了。说到底中央美术学院的教师们在新中国的当权者眼中还是一群比较安分的手艺人，和留洋回来的博士们相比，与工农群众的距离还是近一些的。

要是毛泽东先生不接着搞后来天翻地覆的群众运动，就让他们这么认真画下去，这些画家会留下一条什么样的历史轨迹？又会经历什么样的心路历程？最后又会走到哪里去呢？真是无法想象。

与此同时，徐悲鸿先生和李桦先生、艾中信先生、夏同光先生等画家也合作了宣传画《还要给战争贩子以更严重的打击和教训》。在战争时期，画家的任务就是支援前线，教育人民。真是难以想象，这两张宣传画居然是这些艺术大师合作的巨制。这的确是空前绝后的合作，绝了。

成群的自由知识分子，在清华、北大的大院儿里，在各个大专院校里，在研究单位和文化单位里，一边洗澡，一边适应着如今的水温。看着第一个被拖出去的张东荪先生，说他里通外国，犯了间谍罪，但不予逮捕，留在家中管制——这是战争时期，大家在热水里洗澡，慢慢搓着自己身上的污泥，谁敢说个不字？张东荪先生的自辩，没有人能够相信，也没有人去听。

中央美术学院的自由艺术家，无论他是从哪里来的，无论他是画什么画的，也都着实地洗了一个烫水澡。

我们太小没有看到，只是听老职工们说，当时人们强行让法国回来的雕塑家王临乙先生，顶着铁锹跪在中央美术学院的舞台上，说他是一个贪污犯。他的法国太太王合内镇定地坐在台下，不管多久，还要等他回家。老树影斜的时候，他们老两口顺着东单三条往东走，穿过十字路口，回到栖凤楼胡同的小院儿去。北京很多胡同名字，都可以让你玩味、遐想。

这次可让这群长久安居在北京的艺术家们开了眼了，对延安来的这群人来说，这还是小菜一碟，不过这的确是在土改运动中最温和的一种必要程序。

人们说他在大敌当前的时刻，贪污了人民的小米、抗美援朝的小米。好在他还没来得及自杀，运动就过去了。自然有关人员又道歉了一番，不小心误会了，依然是好同志。这又是延安运动后期的"王麻子模式"，人们也都见识见识。真是高招，既挽回了党的威信，也不冤枉一个好人，同时也让大家明白无产阶级专政如此威严，看看那些被枪毙的老共产党员：刘青山、张子善，开国功臣变成贪官，照杀不误，不放走任何一种坏人。新中国，可真是前途无量。

每当逢年过节，以灰色为主的北京胡同里会像幌子一样挑出鲜艳的五星红旗，在北京特有的风沙中，尽情招展。

11、大雅宝胡同甲二号

一

　　我们就在这个时候搬到了大雅宝，可能我的眼拙，只看到童话里的小红帽，从来没有看见过真正的大灰狼。

　　在大雅宝的第一天早晨，我睁开眼，就知道生活这本书全都要从头另来。老朋友兰兰住在很远的地方，《今古奇观》那本不可多得的画册暂时看不到了。临春哥哥的卡通人物，皮诺曹、小矮人甚至连那个老巫婆，暂时都没机会见面了。这会儿连想起那老巫婆都觉得十分可爱。好在大雅宝这个院子里的孩子很多，大概有趣的故事还在后面，昨天他们接二连三奔来奔去，眼睛都看花了。

　　现在慢慢细想，那时候我还没明白搬到大雅宝胡同甲二号这是一种缘分，一种福气。这么多小孩不是学校的同学，就和你们

爸爸作的《雪后杂院》（一九九四年）

家住在一块儿和你一起玩，你的邻居，你的朋友，你的发小儿，个个还都出自名门，哪儿去找？后来才知道以后你要再找这样的一帮孩子，还住在一块儿，绝对是不可能的了。人家说一山不能有二虎，这院儿里家家都是藏龙卧虎，你看这些孩子个个都虎头虎脑，这个院子真是前不见有、后不见来的啊。

大雅宝胡同甲二号，我估计这儿过去是大雅宝胡同二号的偏院儿，歪歪扭扭紧贴着二号的东墙。墙西边那才是正经八百的大宅门，那是个真正两三进的四合院。门口还有上马石，过去肯定是个京官的宅子。

我们院儿是一溜四个大小不一的院子，后门是小雅宝胡同六十六号。前门是个刷了红漆的铁皮小门，密密麻麻钉满了小洋钉。门框上钉着个一尺多长、一寸来宽的木头牌子，上面用毛笔写着：中央美术学院宿舍。字字还透着那么股子苍劲，闹着玩哪？有人说，那是李先生写的。这院儿无论谁写的，要是搁在今天，都能刻碑。后门什么牌子也没挂，好像就是一个小小的黑漆门。

这四个院儿官称为：前院儿，小院儿，中院儿，后院儿。

前院儿有四家。

门洞儿里第一家有三个孩子，老大是个姑娘，比我们大得多，不可能和我们玩，好像都已经上高中了。大儿子和我差不多大，大名叫赵春生，可比我壮得多。小儿子叫赵福生，个子很小，是个小机灵鬼儿。他爸是门房老赵，我们都叫他赵大爷。据说过去他当过警察，所以很有管理我们院子的能力。他管自己的儿子叫大福生子或小福生子。到我们嘴里，就简化为大生子、小生子。

他们一家四口，就挤在门洞那一间小屋里。

和他们房子一排的只有南房一间，是第二家。李家的姥姥和舅舅住着，因为他们是山东人，孩子就叫她老人家为老娘。后来才听说老太太姓陆，可是全院儿的孩子就这么跟着叫老娘，很少有人提到她的尊姓大名。

后来全院儿的大人小孩儿都学着各家习惯的称谓，作为这个人在本院儿的官称。

拐到西房才是李家的正屋，典型的北京住家的摆设：挂着一轴中堂，两边有对子。八仙桌必不可少，连掸瓶都齐全，擦得锃亮。

第二家当时有两个孩子，老大叫李燕。我娘娘说他妈妈当年铁定是个美人，所以李燕就细皮嫩肉，眼睛很秀气。天下的事情，那会儿他就知道一半了。我记得似乎他大妹那时候叫小妹，他的小妹妹李健是后来才出生的。他爸就是李苦禅先生，他们家里有金钱豹使的带哗哗乱响钢圈的钢叉，还有关公闪闪发光的青龙偃月刀，墙上挂着他爸扮演《金钱豹》的剧照。

他们家还有日本出版的动物珍禽图集，李燕告诉我：你知道沙贝为什么叫沙贝？你看这就是出处：沙背罗纹鸭。

李燕的小舅舅大名李慧光，后来回想起来他还真是个美男子，而且非常聪明，经常语不惊人死不休。我们跟着李燕叫他小舅舅。那会儿他的主要活动是和我们一起去看绘画展览，有时候和我们一起在胡同里踢球，他当然是见好就收。后来他去中央美院附中教数学了。

我那时候在北京男四中读书，疯狂地喜欢几何，自己跑到书店去买了一本苏联罗巴切夫斯基的《非欧几何学》，因为那时候北京已经不卖黎曼几何的书了。哪个孩子不喜欢玩儿个独出心裁？

我们俩有时候一起琢磨几何的各种求证题目和作图题目，等他到美术学院附中教数学的时候，就拿我当榜样来教育他的学生。其实，特别可笑，他们中间就有李燕、董沙贝、李小可。小舅舅为了激励他们，一说就走了嘴：

你们差远了，张郎郎多厉害。他才用了三分钟就做出来了九点共圆！

老天，就是给我三年那也画不出来九点共圆啊！

等美院附中的其他孩子来向我求证的时候，我就傻眼了。老天爷，我就是欧几里德本人，就是罗巴切夫斯基他表哥，别说一会儿，俩月照样画不出来啊。当然我知道这是他的好意，他希望自己的学生像我一样热爱几何和数学。他一夸人就不容易有边儿了。从此我得了一个绰号：九点共圆，到了我们美术学院的神聊大王郭怀仁嘴里，我就变成十三点共圆啦。

李燕他爸我和你们提过，那就是李苦禅先生。他原来在国立艺专国画系教花鸟，现在在等待新的教学方针。后来据说安排在陶瓷科和王清芳先生一起给做出来的花瓶上画上花鸟。他妈妈是李慧文女士，在美院的卫生室当大夫。后来陶瓷科合并到一个新的学校去了，李苦禅先生一度调到工会，经常需要到大华电影院或者红星电影院去排队买票。上级不止一次地教导大家：真正的革命工作是没有高低贵贱之分的，只是分工不同而已。

沙贝是第三家的长子，也是这个院儿第一个来和我打招呼的。后来，我在大雅宝真正学会北京孩子们的所有游戏，他功不可没。他黑瘦黑瘦，可是眼睛贼亮贼亮。他的怪招儿层出不穷，难怪从香港回来的黄叔叔送给他一个大号——扭纹柴。他弟弟董沙雷白白胖胖，整天笑眯眯的，我们一耍贫嘴他就静静地笑着，偶尔也插嘴，多数时候只是微笑。沙雷比我们老实很多，什么都听哥哥的，画画没他哥哥好，可是其他所有的功课一直走在哥哥前边。

沙贝皮是皮点儿，可是比我细心多了，老人缘儿比我也强多了。有耐心烦儿陪老人家们聊聊，有这功夫也不简单哪。

他爸爸就是董希文先生，当时在家里画油画。那时候我们院儿谁家都没有画室。他妈妈张林英女士，也是杭州国立艺专毕业生，那时在人民美术出版社工作。他们家最大的房间功能最多，是卧室，也是画室，还是我们常去玩耍的好去处。

第四家就是我们家了。

虽说我们占了北房，但远不如斗鸡坑那么排场。我们家紧挨着沙贝他家。他们家的餐厅和我的卧房，中间只隔着一面有许多格子的大玻璃窗，我的床就紧贴在这面大玻璃旁边，估计过去这是一家人的。这会儿玻璃上边当然都糊上了白纸，不过他们家吃饭的香味照样一点不糟蹋地全飘了过来，他们聊天的声音也照样欢天喜地飞过来。到晚上他们哥儿俩的影子，就在我床旁边

高中生董沙贝（约一九六二年）　　董沙贝和自己的国画（二〇一〇年）

董沙雷（左一）、董沙贝（左三）（约一九五四年）

大雅宝前院，正对的南房是李苦禅母亲和小舅舅的房子，右手是
西房，第一家是李苦禅家，第二家就是沙贝他们家。这是董沙贝
画的油画。

的窗户纸上演出大型皮影戏。我要是高兴，就和他们打个招呼，有时候也贫两句，但多数的时候，我们有话还是到院子里见面细谈。一窗之隔，两个天地。

我们家大姐乔乔到中国青年艺术剧院儿童工作队上班去了，她是从北京育才小学直接报名去的。那时她小学还没毕业呢，就居然去上班了，开国初期什么奇迹都有。我哥哥那会儿还没找回来，将近十年以后我才知道，他那时候在雅安。于是我名正言顺继承了他的大名，就叫这个郎郎，在家里暂时权充长子。

我还有三个弟弟，大伟，寥寥，沛沛。那时候沛沛还没出生，舅舅家的两个孩子还都住在我们家，就是我的表妹陈天玲、表弟陈天明，平常叫他们玲玲和明明。现在想来，我们家搬来最晚，住的是全院面积最大的房屋。大概和我爸爸穿过军装有关系，也大概和我们家的孩子实在太多了有关系。我妈妈那时候胆子真够大的，后来才知道，她是不能不管的。因为我舅舅在那个混沌初开的年代，属于另一个阵营的人，形势所迫，不得不和许多人一起到青海去研究高原垦荒了。由解放军照顾他们，他就无法照顾这些孩子了，妈妈只好把他们全接到我们家来住。

小院儿是我们家的后院儿，有我们的一间卫生间，一间厨房，还有一间小屋，住着我们家的阿姨和董家的阿姨张大娘。后来，他们家又换了王大娘。王大娘更是个人物，她是地道的老北京，心直口快，刀子嘴豆腐心，一句话能把你噎到南墙根儿底下去，再一句能把你从西墙边儿上拽回来。听说，沙贝见样学样，老爱学她说话，学着学着就变成自己的话茬儿了。

大雅宝时期全家福（五十年代初），当时没有哥哥和小弟弟。左起：郎郎、妈妈抱着寥寥、乔乔、爸爸、大伟。

前排左起：郎郎、大姨抱着寥寥、妈妈；后排左起：乔乔抱着大伟、伯诚表哥（大姨的儿子）、爸爸。

大伟和寥寥（在大雅宝）

妈妈和寥寥

一九四九年以前，北京的老话管她们叫老妈子，四九年以后人们按照新说法，都叫阿姨了。后来我们家的阿姨走了，玲玲就先后和张大娘、王大娘住在那儿。有时候明明也搬过去住，比如我们家又来了什么亲戚、客人，需要借宿的话。

有一次在春节的前夕，明明在被窝里偷偷燃放了一种叫做"耗子屎"的烟花，点着了以后，那玩意儿就嗖嗖猛转，四处乱窜，结果把他自己的被窝和张大娘的被窝都给点着了。幸亏他们三人还没睡，昏天黑地战斗到深夜，终于乌鼻青眼地把火给扑灭了。

二

中院，我们家刚搬去的时候不记得有谁在那里住，大概正好是空着的。后来我记得搬来的是两对儿国际伴侣。你想想五十年代的北京，胡同里的外国人比熊猫还少。刚解放还有几个，可自从一九五〇年枪毙了意大利人李安东，报纸上说他是美国间谍，要炮打天安门，外国人这种稀有动物除了在大使馆和燕京大学还有，胡同里就绝少见到踪影了。

第一对儿是一位朝鲜女郎嫁给了捷克斯洛伐克的贝亚杰先生，他在这里学版画。另一对儿是北京美女宋怀贵女士嫁给了保加利亚的万曼先生，他在这里学实用美术，后来就专门设计和制作壁挂。他正好是我爸的学生。这两对儿一搬到中院儿，这一片儿整个就轰动了。你可以想象，贝亚杰原来是捷克的国家足球队队员，在北京胡同里玩大号摩托。宋小姐原来就是中央美院的校花，穿着月白色的布拉吉（连衣裙），梳着一条漆黑的大辫子，雪白高跟鞋"嗒嗒嗒"一溜青烟，飘逸而过。我们这群发小儿顿时两眼昏花。

那会儿正领我们在胡同的三尺浮土里踢足球的，就是李燕他舅舅李慧光。他那会儿年轻气盛又爱国，这情景他绝对气不忿儿，缓缓说道："挺胸叠肚，昂首阔步，自以为保加利亚夫人。"我们乐不可支，齐声叫好。北京孩子只要一块儿起哄，真是卖药糖的吹喇叭——没谱儿。李慧光这回可真是高级起哄，我们全体立刻学会并背熟了他的这句名言，而且，还得用他那正宗济南腔才够味儿。

那会儿我们以为，除了中国都是外国。苏联是天堂，保加利亚是天堂的接壁儿。这帮嘎杂子琉璃球儿，自此老远见到宋小姐的身影出现，就一块扯着嗓子起哄："呦，呦，蛤蟆咕嘟！"

她那条黑亮的辫子，从后面看，绝对是一个大蝌蚪。其实我们心里很清楚，人家就是好看。好看其实挺吓人的，我们只敢远远地喊两句，埋头就跑，怕人家认出来了。有一回，我可露了个大怯。

那天我和沙贝、沙雷在胡同里走，正好一拐弯儿，宋小姐就走在我们前边儿。她左边是贝亚杰，右边是万曼。董家他们哥儿俩就将我：你不是邪大胆儿么？你这会儿敢喊一声，就算你真有本事。我从来是吃葱、吃蒜，不吃姜（将），那天不知哪根筋错了位，突然，就冲口而出："呦，呦，蛤蟆咕嘟！"

宋小姐就像没听见一样，头也不回。可是万曼和贝亚杰都惊讶地回过头来，沙贝哥儿俩都笑得快晕了，我可傻眼了。他们站住了，我们也站住了。贝亚杰笑了一笑，用中文说：怎么？有意见吗？我们仨连忙边笑边齐齐摇手：没意见，没意见。绝对没意见。

从此我们就不再起这个哄了，这两个留学生，和我们成了朋友。万曼比较内向，贝亚杰喜欢热闹，喜欢和我们这帮土匪一起玩儿，没事儿就和我们一起在胡同里踢球。这位捷克前国脚一丫儿踢过去，人家的后墙就直呼扇，老太太一路嚷一路跑出来：怎么啦？上房揭瓦呀？一看踢球那位原来是位金发碧眼的国际友人，老太太顿时没了脾气，自己还有点不好意思，就说：没事没事，你们踢吧，接着玩儿吧。笑眯眯地转身回去了。

我觉着贝亚杰的脚头和那时名为"联一"的国家队后卫陈复赉的脚头一样硬朗，连在山东青年队踢过球的李慧光这会儿也一点不牛了。从此，我们院儿的足球，南小街一带所向无敌。

一不留神，宋小姐从医院抱回来一个洋娃娃。我们这伙土匪好汉，全放下手里的玻璃球、洋画儿，用小脏手抹一把汗，静静地凑过去看。全傻眼了，那洋娃娃是活的，小脸儿白得气死牛奶，比他妈妈还好看，好看得让人喘不上气来。

我们一下全变乖了。那会儿住在后院的孙克一最庄严，他妈妈负责打理这个洋娃娃。这娃娃叫宋晓红。

我们有事没事就往孙家跑，一会儿摇拨浪鼓，一会儿用哗啦棒槌逗她。她乐了，我们跟着傻乐。她一哭，我们立马开溜。

若干年后，宋怀贵从法国回来。沧海桑田，她和万曼早就移民到法国去了。

这回她是以北京第一家法国餐厅——马克西姆餐厅总经理的身份回来的，万曼和杭州的美术学院合办了一个壁挂工作室。晓红和晓松姐弟俩也到了北京。后来无论在双榆树侯德健、程琳的小屋去凑份子做饭，还是到钢琴高手陈达、高鸣鸣那里去喝酒，甚至和瞿小松、刘索拉侃山，我和晓红都是出双入对。我总是神聊海吹，她总是在一边温温地笑。

朋友们问：你们怎么认识的？

她笑着说：他总说小时候就老抱我去买冰棍儿——红果的，我不记得了。

我可是永远忘不了。

12、小蘑菇

我记得大雅宝的中院儿还有一间大房间是东房，那是小宝妈妈的工作室。她是做雕塑的，屋里戳着做泥人的架子，地下堆满了等待加工的干胶泥，她哪天一高兴，也允许我们用她的胶泥，用模子扣泥饽饽和泥人。

那会儿我们全院小孩的模子，都是一个推车的老头儿卖给我们的，他个子矮，我们就叫他小蘑菇。他推着小车一来，我们就围上去了，主要是看，舍不得买。当时小宝和李燕的资金似乎比我们都雄厚，他们俩买的最多。我只能偶尔买最便宜的，那就是扣泥饽饽的模子。我们都是挑好长时间，左比右比，才会下决心的。小蘑菇就一直在旁边对自己的模子赞不绝口，这是和我们犯蘑菇，希望我们早下决心，我们院儿的孩子多啊。

那模子用起来非常简单，把泥放进去用手抹平，反过来一扣，就出来一个泥饽饽，上面印了模子底部的花纹，这就是一个泥做的月饼。这些模子都是用胶泥做的，不过由于在窑里烧过，所以和红砖一样颜色，一样结实。

比较贵的是那些立体的模子，至少要两个一组，有兔儿爷、兔儿奶奶的，还有财神爷的，还有老头儿钓鱼的。老头儿钓鱼最难做了：先用两扇模子扣出老渔翁和鱼篓；老头儿模子外面，还有一个小槽，原来那是一个鱼形模子，用这个扣出一条鱼；再用笤帚苗做根鱼竿，趁渔翁还没干的时候，把鱼竿插在老头胳膊下面，然后在鱼竿尖儿上拴一根儿线，把小鱼穿在线头上，放在那里，眯眼一看，老头儿钓鱼，真的一样。

我们平时就比谁的模子多，看谁的花样多。模子多的就觉得自己是大富翁了。我们家给我的零花钱很少，可是有一天我爸看了看我的那些廉价的模子，突然他大感兴趣，就说他都要了，如果我要玩儿，可以和他借用。同时给了我至少双倍的钱，还给了我一个任务，叫我帮他继续买各式各样其他的模子。

这一下我可就阔了，我爸给我手头留下来足够的预算，条件很简单：

第一，不要重样的。

第二，不要立体的。

我爸说那些立体的都是又老又俗的，他只要那些最简单的泥饽饽模子，他很喜欢那些刻在底部的简单图形。

那天小蘑菇一来，看我一反常态，迅速挑选，把不一样的全放到我拿来的鞋盒里，他瞪大了本来不大的眼睛，说：你都要了？我说：多买，你得给我个好价钱。他说：那当然了，买十个送仨。我说：不行，送五个。因为平常我们每次顶多买一两个。他说：不行，那我就赔本儿了，送四个。我说好。就和小蘑菇定了规矩。

他高兴极了，明白我不要重样的，就帮我一起挑。我这一买不要紧，小宝、李燕、沙贝、沙雷也都跑来一起挑选。平时都是他们买得多，这次我第一回成了大户。小蘑菇最后对我试探地说：要不要到我家去看看，那里还有很多新花样的，今天我带得不全。

我当时已经心气儿很高了，听说他们家离得不远，在东城根儿一带，我们几个发小儿，一声呼啸，就向他们家进发。

他们家真是就在城墙根儿底下，说是房子也行，说是棚子也行。几块大城砖打个底子，然后用些碎砖凑合了一面墙，后墙就是北京的城墙。铺点儿油毡就有房顶了，豆腐块儿大的小院儿根本没墙，只有一些秫秸秆拉了个篱笆。院儿里倒有一口小窑，他的模子都是在这里自己烧的，黄土直接就从城墙里往外掏，不过他说好胶泥还得自己去挖。我们在他的小院儿里，仔细翻了半天，我那一天从小蘑菇手里买了三十个模子，再加上他饶给我的，一共四十四个。最后他还同意送给我一套老渔翁模子，因为我和他说了，只要他自己做出新花样，我都要了。那时我一定感觉自己就是腰缠万贯的大收藏家了。

小蘑菇后来几次到我们院儿找我，给我送货来。可惜那时候开学了，我住校。等到星期天回家，沙贝赶来告诉我：小蘑菇找我送货来了。我从爸爸那里又拿了钱，和沙贝兴冲冲地赶去找

老北京城墙（广渠门旧影）

他。这买卖对我很重要，因为我爸是按照市价给钱，还多给我一些跑腿费。里外里，我多了不少零花钱。

可是，小蘑菇的家没有了，那个院子没有了。因为政府决定要拆城墙了，那里只有工人在拆房子。四面都是飞扬的黄土灰尘，没有人知道小蘑菇一家搬到哪里去了。我告诉沙贝，下次再见到小蘑菇，一定问清楚他们家到底搬到哪里去了。

听说这些模子都是小蘑菇自己设计自己做的，我爸爸说有机会想见见他，爸爸还说：这个人不简单啊。

然而，以后小蘑菇没有再来过，我也没有机会再见到他。我很伤心，城墙的黄土无穷无尽，小蘑菇脑瓜儿里的花样也无穷无尽。我的无本生意广阔前景的美梦在拆除城墙的轰鸣中灰飞烟灭。

后来，爸爸自己把玩这些模子的时候，经常莞尔一笑，偶尔叹口气，我想这大概是因为他没有见到这位小老头儿而有些遗憾。

后来，我爸爸居然从我买的这几十个小蘑菇模子中选出几个佼佼者，放到他编的《中国民间玩具》那本书里，还都给它们照了彩色照片，可惜没有小蘑菇的照片，也没有他那所小窑的照片。

这以后我就特别注意了，如果见到一位民间艺术家，一定要问清人家的地址。不能像法国电影的名字那样：没有留下地址。

13、面人汤

有一天，我在大羊宜宾胡同口儿上，看见一群小孩儿包围着一个小担子，我赶紧过去看看是不是小蘑菇。一看原来不是，是一个留着山羊胡子的老头儿，戴着老花镜在捏面人儿。我一看他插在那里当广告的面人儿，有孙悟空，有金钱豹，简直就是李燕他爸爸的剧照再现，而且比那剧照还好看。因为，第一是立体的，第二是彩色的，第三是那个孙悟空动作矫健生动。我从来没见过这么好的面人儿。以前，胡同里捏面人儿的，只会捏点呆头呆脑的大胖娃娃。

我没吃过猪肉还没见过猪跑？我们住在草垛胡同的时候，就住在中央美术学院美术供应社的院儿里。那时候，我爸爸带来过一个老头儿，请他和他的几个徒弟做了一套地道战的沙盘。泥捏的小人，有八路军，有民兵，还有日本鬼子。当时我都看晕了。爸爸告诉我那个老头可不得了，他叫张景祜，是祖传多少辈儿的天津有名的泥人儿张。

我想那也难怪，张光宇伯伯给我的橡皮泥，我捏了不少日子，也捏不出这个样子。我爸爸告诉我，这就是民间艺术家。

我看这个老头儿做得更好，他的手上满是皱纹，但是干活儿非常利落。他用的面据说是江米面，所谓江米就是南方的糯米。他的面红黄蓝绿黑白，排了一溜儿。他像画画一样，先调好颜色，用不同颜色的面做出来胖小儿的脸。接着，他用竹签飞快地一按一点，胖小儿的五官就出来了，再用竹签挑一星黑面，一星白面，一抹一划那胖小儿的眼睛就左顾右盼了。我看到这儿，整个就快傻了，这人不得了！和皮诺曹的爸爸一样，简直是个魔术家，大变活人啊！泥人张就那么不得了，这个老头儿更了不得啊！

当然，面人儿先天条件就比泥人儿细腻，而且面人儿的颜色是事先调在面里面的。而泥人儿是完活以后上的颜色，当然比不了面人儿那么光彩夺人。我那时候岁数小，不明白泥人儿、面人儿各有千秋。我当时就觉得自己发现了一个民间艺术中的瑰宝。

我问他：那孙悟空多少钱？他从老花镜上面看了我一眼，说：五毛。啊？那时候五毛对我说来就是天文数字。我说：我只有五分，还是我妈给我买冰棍的。他老人家说：五分也行，我也给你做个胖小儿。

我说：大爷，我们家离这儿不远。您到我们家门口，我和我爸说说，让他给我买这个孙猴子，好不好？老头儿这会儿正好没有生意，就挑起担子和我一起到了我们家门口儿。我又说：大爷，我拿这个回家给我爸看一眼，要不他不给我这个钱。

老头儿还有些犹豫，这时候赵大爷正好在门口，就笑眯眯地对他说：放心吧，这孩子就住这个院儿里，他不会蒙你。最多他爸不给他买呗。

老头儿抬头看看这个院子门口的牌子：哦，中央美术学院宿舍，好，你快去快回。于是，就真的把那个孙悟空递给了我。

我小心翼翼地举着这个孙猴子，赶紧回家，院儿里的孩子和我说话我一概不理。因为这时候我心里很紧张，一来我怕把这个贵重的猴子给碰坏了，二来我自己觉得这个面人儿做得好得不得了，可是我心里没底。因为我爸这人有自己的一套，过去有些艺术品我以为是好东西，他说都是垃圾。有些土得掉渣的东西，比如小蘑菇的模子，他就说真是好东西。希望这次我没走眼。

我进了屋，爸爸正好在休息，如果他正在画画我去打扰，那是找揍。我看他在那里看书，就过去说：爸爸，你看这个面人儿做得怎么样？我爸漫不经心地扫了那个面人儿一眼，眼睛立刻亮了，一把就抢了过去。我赶紧说：你慢点儿，这是借来的！

他把书放下，举起面做的孙悟空左看右看，说：这个归我了。我说，不行，这个面人儿还没给钱呢。做面人儿的就在门口儿。我爸一听，就说：走，去看看。我爸三步并两步走在前面，我一溜小跑跟在后面。

我爸看见那老头儿正坐在门口和老赵聊天呢，很高兴，就问道：老先生您好，您贵姓啊？

那老头儿连忙站起来说：免贵，姓汤，汤子博。

我爸爸高兴得像个孩子，说：原来是您啊，您就是大名鼎鼎的面人汤啊。

那老头儿赶紧说：别这么说，别这么说，雕虫小技，雕虫小技。

我爸说：您这会儿有空儿，来我家坐坐。见到您我真高兴，我上学的时候就看见过您的作品，没想到今天这么巧见到您呢。

于是，汤大爷挑起担子进了我们院儿，爸爸把他让进客厅，叫我赶紧去找娘娘给客人上茶。

从此汤子博先生成了我爸的好朋友，我们家的玻璃柜子里也摆上了汤先生做的孙悟空力斗金钱豹。还有一个白眉毛的老和尚在静静地打坐，他的眉毛一直垂到他的蒲团上。这只有面人汤才有的手艺，光那根眉毛就够你练多少年。

真是无巧不成书，汤子博的长子汤凤国那会儿就在北京男五中念书，正好是我妈妈的学生。我妈妈这才知道他爸爸原来也是个艺术家，于是，就经常叫他来我们家玩儿，有什么事情也叫他帮个忙，比如送我回学校什么的。汤凤国当时就是任劳任怨的大哥哥。我爸请汤老先生捏了不少一流的精品，除了孙悟空斗金钱豹、高僧打坐，还有钟馗举剑要斩蝙蝠（表示他"恨福来迟"）、单雄信扛枷戴链的《锁五龙》等等，差不多有名的折子戏都有了。这以外，还有在核桃里的微型面人——《二十四仙朝王母》。我爸拿了去给其他艺术家看，这是给汤老先生打场子啊！

记得我妈妈也没少点拨汤凤国，他慢慢清楚了自己爸爸就是个伟大的艺术家。于是他开始为爸爸的艺术事业而奔走，直接写信给当时的文化部长茅盾先生。没承想很快得到了回音，经过当时文化部艺术局过问，汤子博老先生就来中央美术学院上班了。

后来，我爸爸调到中央工艺美术学院，那时学院里已经设立了汤子博先生的工作室、张景祜先生的工作室，还有皮影陆先生的工作室、刘金涛先生的裱画室。我爸最喜欢的几位民间手艺人都登堂入室了，他打心眼儿里高兴，几个老先生也都很高兴。

我第一次到中央工艺美术学院看刚上任的爸爸，去食堂里吃饭，汤老先生听说我来了，一进食堂就大声喊我的名字，见到我一把抱住说：孩子，长这么大了。好么，弄我一个大红脸，不知说什么好。爸爸和妈妈在一旁也不帮我解围，还乐呵呵的。

后来在中央工艺美术学院的那一段日子里，和我最要好的是汤子博老先生和裱画的高手刘金涛先生。至今我都后悔没去和他们好好学一门手艺。我妈妈听说我想将来当个诗人，就对我说：你先要想办法养活自己才能去写作，要不你先去学一门手艺。我说：这些手艺都需要全身心地投入才行，我的主要精力还要用来练习写作呢。妈妈叹口气，说：那你至少去学会理发，你得有个安身立命的本事。

后来汤凤国一心想学雕塑，就上了中央美术学院雕塑系。我爸一直认为他应该当好他爸爸的徒弟，劝他一定要留在他父亲身边，把他们家的绝技继承下来，发扬光大。

我爸就是喜欢这些民间的民俗的东西，可是年轻人就不一定愿意这么想了。

也有另一个年轻人听了我爸爸的话，这就是小宝的表哥——

郑于鹤，也就是李可染先生二姐的儿子。李可染先生的二姐，我们都跟着小宝叫她二姑，她和我娘娘是好朋友，老姐们儿。那会儿她的儿子郑于鹤正在人生的十字路口，正在选择将来的前程。

14、先生们的趣事

一

　　李可染先生和我爸爸是好朋友，每天早晨他们都相约一起去上班，一路走，一路聊天。他们那么谈得来，我跟在后面却完全不知所云，断断续续地听他们讲来讲去都是关于画水墨画的事情。

　　那时候，延安时代我爸的老朋友江丰先生在中央美术学院当一把手。对了，徐悲鸿老先生还是院长，但江丰是书记。那会儿无论什么单位都是书记说了算。他人还是不错的，但是他在上海搞过左翼文化运动。左翼文化运动的主将鲁迅先生对于京戏、中医等国粹，批评得相当尖刻。江丰受此影响，觉得新中国的文化，就要抛弃这些日薄西山的老朽东西。他在美术方面更是如此激进，认为只有油画才能为新时代服务，中国的艺术也只有年画才勉强可以凑合服务一把。我爸爸那么喜欢刘凌沧先生临摹的《捣练图》，江丰就感到非常奇怪。

那是一九五四年，我爸和李可染先生都在中央美术学院的彩墨画系，这还是刚刚恢复起来的。中央美术学院建院初期，曾经打算干脆取消国画这个专科算了，后来决定把油画系和国画系合并为绘画系，还有雕塑系和实用美术系，这三个系在当时都能为人民服务，为新中国服务，已经足够了。

为了让原来画国画的教师跟上形势的需要，将来可以画工农兵喜闻乐见的年画和连环画，也就是培养这样的普及美术干部，因此把他们集中起来在教研组里进修。进修的内容就是让他们画模特儿，画白描，练习勾勒的技巧。在这个组里进修的有叶浅予、李苦禅、王清芳、李可染、刘力上、田世光等教授。当时勾勒课的教学任务，明确规定就是为将来画年画、连环画的线描打基础。你可以想象，画惯了山水的李可染先生，和一直画花鸟的李苦禅先生这会儿都一起画模特儿，真够难为他们了。当然，这和若干年后，让他们学习耍铁锹、挖渠、平地相比，还是容易一些的。

当时，为了让中央美术学院整体更好地做到"为无产阶级政治服务"，那些有造型基础的教授们，也参加了这个活动。像董希文先生、李宗津先生、蒋兆和先生、宗其香先生等，还去了中南海给当时的全国劳动模范、战斗英雄等等样板人物画素描头像。

我爸爸当时和李可染伯伯就是在议论这些问题，他们就是在苦思冥想如何走出中国画的困境，其实也是在思索如何走出自己艺术的困境。

可染伯伯是齐白石晚年最看重的弟子，而李苦禅先生是齐白石中年时期最得意的弟子。虽然他们俩在艺术上的追求并不是同一个路子，可是对齐白石老先生艺术的尊重和恭敬那是完全一致的，同时也都在为中国画的生存与发展而担忧。

我跟在他们后面闲散地晃悠，因为我那会儿已经放暑假了。他们却在热烈地交谈、探求。那时候，他们要苦苦挣扎找到自己的艺术道路，就要明白自己在如今社会的实际处境。

在当时美术学院领导江丰先生的眼里，国画简直没有什么好东西可以利用的了，大概除了线描还有些用处，其他一无是处。

爸爸和可染伯伯要为自己从事的艺术形式争得立足之地，谈何容易。

江丰先生的话也有一定的道理，他认为到了清初的四王，中国画已经走入死胡同，技法成熟到快要腐烂的程度了，毫无发展余地了，应该放弃，学习西画，那样才有广阔的发展前景。

在这之前，我爸的老朋友艾青，对中国画的改造说了一番话，那时候他还是中国文学艺术家联合会的领导人之一，所以人们认为这是他在代表共产党发表指示性的谈话，某种意义上是一种指明方向的意思，于是许多画家就按照指示去做。谁都没有想到，就在三年之后，这位共和国的第一诗人变成了共和国的敌人——右派分子，先被送到北大荒，然后送去了新疆。

估计我爸和可染伯伯他们俩，就是每天这么走路，慢慢琢磨好了。于是，可染伯伯、我爸还有一位回国不久的罗铭先生结伴

李可染先生和齐白石先生（五十年代）

爸爸和李可染先生（一九八七年）

爸爸作的《白塔陋巷》（一九九四年）

到江南写生，用中国画的工具直接描绘大自然，这就是他们身体力行的"师造化"：从大好山河里寻找中国画新的意境、新的技法，也是寻找他们的艺术新路和新的艺术语言。

回来后他们三人在北海画舫斋举办了画展，据说当时轰动了中国美术界。但对我来说记得最清楚的，还是仿膳的豌豆黄，还有豌豆黄上面那几片宝石红的山楂糕，那实在是好吃，到口自然化开。

好像就那时候，李可染伯伯征询我爸的意见，看他的外甥该走哪条路。你知道我爸是个民间艺术迷，就认为郑于鹤应当去做泥人张的徒弟，那才是正路子。当时很多人听说了这件事，都大惑不解，甚至隐约听说二姑都觉得我爸怎么不给他儿子找个更好的前程呢。在李可染伯伯和我爸爸的劝导之下，郑于鹤断然走上了这条当时看来非常奇怪的道路。以后的故事证明郑于鹤没有走错，他学透了泥人张的绝活儿，和他舅舅一样没有拘泥于师傅的窠臼。艺术的翅膀一旦硬了，就必须自己展翅自由翱翔。

小宝他们家可以算是中院的北房，也可以算是后院的南房。他们的后窗户开在中院，门开在后院。小宝是老大，大名是李小可。如果说沙贝像是孙猴子，那小宝就是慈慈厚厚的沙和尚了。他浓眉大眼，虎头虎脑，五短身材结实有劲儿，难怪后来他一度成为"解放军叔叔"了。他妹妹叫李珠，黄叔叔搬来以后叫她胖妹妹。那时候叫你一个"胖"字，透着亲切，透着喜爱。现在谁敢用"胖"来称呼一个女孩子，她准跟你急！最小的是小弟，大名是李庚，人虽小，一肚子鬼聪明。

他爸李可染先生就在这个房间画画，写字。同一张桌子也经常用来吃饭，在这张桌子底下，还有一个地窖子。据说，当年这里是共产党的一个秘密据点，这个地下室就是他们的办公地点，现在成了可染伯伯的美术用品储藏室。我们都去过那个地窖子，那里边散放着收集来的字帖、画卷，也有自己的笔墨等等。后来，东德的总理来探访过可染伯伯，送给他许多精装的画册。好像这以后，地窖子才放了书架。

大雅宝的孩子们都喜欢疯玩儿，但同时又着迷于"神秘"。像小宝家的地窖子，黄叔叔家的美国短波收音机，像我们家在修房的时候，地下也起出来过电瓶、电线、战刀等军需物品。所以，孩子们之间一会儿传说，这里原来是日军的一个秘密据点；一会儿又传说，这里是我党的一个地下活动中心。连这么个院子，大家都可以发现这么多神秘的东西，也许就是这些孩子的想象力太强了。后来，我进了育才小学，在先农坛，那神秘故事就更多了。可能多数孩子在心理层面上是"喜神秘、好幻想"的，大雅宝孩子的想象力，超群翱翔奔逸，生活里外都是童话。长大了以后，见天如每面对现实倍受磨炼，就失去了这些能力。

我上初中的时候，必须每天早起赶公共汽车去西城西什库后库，可染伯伯画室的灯似乎一夜就没关过。他和黄叔叔每天都喜欢夜深人静的时候默默耕耘，黄叔叔年轻，早上一定会入眠，但是可染伯伯却又早早地起来了。听李伯伯说，齐白石老先生一再对他说：画画的时候一定要握紧笔。也许，在深夜和清晨人们全神贯注，才可以握得更紧。他笔耕多年，一直咀嚼这句话，从来就没松过手。

那时候，我们全院的关系，如此地融洽，还没有什么市面价值的观念，自己画的画稿，朋友来了如果喜欢就当时卷走。我们家里就堆着许多爸爸交换来的天南地北画家的画稿，以至一度堆到走廊里去了。

我看见黄胄画的那张巨大的《风雪柴达木》，那会儿就挂在沙贝家的西墙上。那时候，黄胄刚刚出道，董希文先生的支持起了很大的作用。所以，黄胄先生就送给沙贝、沙雷哥儿俩一人一张"黄胄驴"，当然，画面上还有维吾尔姑娘、打猎的狗等等。这两张画，也先后挂在他们家墙上。董先生或许看了这些水墨画以后，也想自己玩儿一把，就用整张的高丽纸给沙雷画了一张像，一度也挂在他们家的西墙上。沙贝神秘地告诉我，这张高丽纸可不是一般二般，这是乾隆年间宫里账房用的。沙贝他们家西墙，简直就是一个美术之窗，如果那时候每过几天拍他一张，放到现在出一本画册，简直就是当代中国美术的历史见证了。可惜，我们都没那个远见。

有一次，妈妈叫我去可染伯伯家讨一幅字。当时北京男五中的校长张夫先生举行婚礼，我妈妈觉得如果毫无表示，那是不礼貌的，送张好字就是书生人情。妈妈从《论语》中集句，我那时太小，只记得上半截："夫何人哉？堂堂之张也！"妈妈自己写了这些集句，要我拿去请可染伯伯给写一张正式的。妈妈说：他的字才站得住。

可染伯伯看了妈妈的字条，说：你妈妈的句子选得很有意思，她的字已经写得很好了，何必要我写呢？

我就按照妈妈的嘱咐说：妈妈说了，这个院子里您的字最有分量。

可染伯伯笑笑，就摊开淡黄色的毛边纸，用不透风的浓墨写下来拳头大的字。怪不得妈妈说，他老人家写的字有分量呢。后来沙贝告诉我，可染伯伯最喜欢颜鲁公的《大唐中兴颂》，他的字是得到了真传。

可染伯伯写完了，用另一张纸轻轻拍了拍，就卷起来让我拿走了。我拿回来，妈妈看了半天说：送出去当礼物，可惜了。

我不是和你说过嘛，我妈妈是一大怪，她连婚礼都没去，称病要我代表她去。我当然兴致勃勃就去了，手里拿着可染伯伯的字，到人家婚礼上爆搓了一顿。

二

后院儿的西屋，也是李家的房子。可染伯伯的母亲来了以后就住在那儿，我们都叫她李奶奶。后院的东屋原来住着一位留美回来的女士，官称范先生。她是南方人，很重的上海口音，非常爱干净，衣着相当讲究，经常是深色西服套装，黑丝袜，每天还化浓妆，画口红，那年头儿属于稀有动物。她可以算这个院子里衣着最讲究的人。听说过去司徒雷登在北平当大使的时候，还请她吃过饭呢。有人说不对，是她在美国留学的时候，和杜鲁门总统的太太一起吃过饭。到底她是和哪个美帝国主义分子一起吃过饭，谁都搞不清。可是，她好像没有家，她家里就是自己一个人。这是大家都知道的。有人说，她名叫范志超，可是没人去研究，人们还是叫她范先生，省事。

有一回，我们院儿里的这帮土匪——我说的土匪就是这群孩子。好像那个年头儿，土匪是个爱称，大人经常满脸笑容地叫我们土匪，于是我们也经常自称土匪——一块儿到中央美术学院去玩。我看到图书馆的牌子就想进去借书看，当然是想借小人书。我们四五个孩子，大概还有沙贝、沙雷、小宝，一起挤在图书馆的柜台前，和那里的馆员说想借小人书。这时候范先生出来了，哦，我们自己琢磨，看来她是这儿的馆长。好像还有一个德国人叫马安娜的，也在图书馆里。她的女儿是个混血姑娘，在美术学院的冰场上简直是一朵燃烧的玫瑰。一次，在冰场上她和我自然擦肩而过，我一下子摔了个大马趴。其实我是怕撞到她，紧张地给她让路，可是她轻巧躲过，我却在冰面上来了个突发性匍匐前进。那时候我真没出息，见到美女腿肚子就打软儿。

我们以为她妈妈应该就是图书馆长，觉得外国人肯定本事大。

这会儿一看见范先生出现，我们立马就紧张了，打算开溜。因为我们觉得她一向很严肃，在同一个院子里住了这么长时间，很少和我们说话。这时候，她笑眯眯地问我们：你们知道这是什么地方？我们连忙点头。

我说：知道，这是图书馆。我们想看看这里有没有小人书看，再说也来看看您。

那会儿我说话还是很慢的，和李燕比简直就是木木愣愣。这会儿，也不知哪儿来的词儿，张口就说完了。打算说完赶紧撤。

她很遗憾地对我们说，这个图书馆里没有小人书。我和沙贝赶紧说，那我们就走啦。我们一起和范先生说了声再见，转身就走。没想到在这里遇见同院儿的大人，那时候觉得所有的大人都很麻烦。三十六计走为上。

我们这一群土匪，窜到走廊上，大家憋了半天这会儿一通哈哈大笑。正要回忆刚才的尴尬，幸亏还没来得及胡说八道，没想到，范先生追了出来。我们都愣了，怕她要我们回去把今天的会见禀报给家长。然而她满面笑容地说：你们有心来看看我，就是我的客人。走，我们一起去小卖部。我们面面相觑，这样的好事有吗？

她在小卖部给我们每个人买了一块蛋糕，我们真的非常不好意思，怎么平白无故吃人家的东西。可是她执意要我们吃，我们一个个喘着气好不容易都吃完了。她满意地笑了，问：好吃吧？我们嘴里的蛋糕还没完全消失，就呜噜呜噜地说好吃好吃，谢谢范先生。心里想她真是个好人，那年头蛋糕是很金贵的东西，虽然上面的奶油都是蛋白做的代用品，但是对我们说来都好吃得终生难忘。

后来她搬走了，搬家的时候这伙土匪都帮她拿东西，一起送她上了三轮车。我们都挥手喊道：范先生再见！常回来看看！我们会去看您的！她眼圈都红了，轻声地说：好的，好的，一定，一定。

可是我们谁都不知道她搬到哪里去了，后来再也没有见过她。那个年头儿，事情相当地没准儿。她不会是失信了，肯定是有更重要的原因就那样失踪了。

她那一明一暗的套间搬来了另一家，好像先搬来的是孙克一他们家，然后是程尚仁先生，最后才搬来这家常先生。对我们来说这家更有意思。当然，有几个差不多我们这么大的孩子才有意思。他们家有三个孩子，老大比我大一点，叫常万石；女儿叫常兰石，小名叫丫丫；小弟叫常寿石，小名叫臭子。他们的爸爸常潇先生过去在故宫上班，对保管艺术品很有一套。妈妈在北大医院当护士，每天都要起早贪黑。

后院的北房住的也是延安来的画家，他是木刻家，现在进城就叫版画家了。他的大名叫彦涵，他们家有两个男孩子，老大叫刘四年，小的叫冬冬。爸爸革命以前姓刘，所以那时候儿子就继续姓刘了。四年比我大一岁，和我都在北京育才小学住校。后来，我们院儿的小孩儿，老说他以后是不是到了四年级，就要留在那儿，老上不去了？要不怎么叫刘四年？

后来还是改了名字叫彦冰，跟着爸爸姓现在的姓：彦。弟弟大名叫彦东。他妈妈叫白炎。我怎么记得这么清楚？就是因为我们院儿孩子的嘴贫得厉害。

我们说：他们这家子，可真够冷的。爸爸就"严寒"了；老大是冰都冻严实了，所以叫"严冰"；弟弟是"严冬"来临；妈妈那里是冰雪世界，当然一片白色的严寒。

后来黄永玉先生搬来了，他儿子叫黄黑蛮，我们就说：黑馒头干儿。女儿叫黑妮，我们就说：黑泥巴球。

沙贝已经让李燕命名为"沙背罗纹鸭"，沙贝也不甘示弱，把我们家六个孩子的名字符串成一串，似乎是我们家招待客人的情景描写，说道：

瞧瞧郎郎（我姐姐叫乔乔），聊聊大伟（我二弟叫寥寥，大弟叫大伟），陪陪耿军（我小弟弟叫沛沛，我哥哥叫耿军）。

后来，彦冰家搬走了。两对儿国际夫妻搬走了。于是我们大雅宝大调整了一番。

杭州的美术学院那时候还叫中央美术学院华东分院，他们学校搞工艺美术和实用美术方面的教授，都调到北京来了。

我们院儿就更热闹了，一天晚上一下子搬来了三家：图案教授袁迈先生，他家的老大叫袁骥，老二叫袁骢，老三是个女孩子，大名袁珊，小名干脆就是俩字儿——胖子。陶瓷教授祝大年，当时也是三个孩子，老大是祝重寿，小名叫毛毛，老二也叫小弟，还有一个小妹。染织教授程尚仁，他们家只有一个女儿，叫姗姗，大名好像是程妩珊。这是我们院儿唯一和我们年龄相仿的女孩子，其余成帮成伙的都是混小子。

15、暑假前后

一

当然要是孩子们每天都这么轮流折腾，大人还不烦死了？

我们平时都去上学了，而且很多人都住在学校。我和彦冰住在先农坛里的北京育才小学。小宝住在香山慈幼院。这儿热闹就热闹在假期。李可染的太太邹佩珠女士，觉得这些孩子得组织组织，要不他们整天踢土扬烟、爬树上房，简直就是群猴儿大闹天宫，于是和这些家长一商量，人人都同意，这帮土匪都正在"姥姥不疼舅舅不爱"的岁数，真得上点儿心，就得邹阿姨才能降住他们。

于是每天早晨，孩子们自己拿着小板凳，坐到中院儿里。邹阿姨把他们家的无线电摆在他们家的方桌上，朝着后窗户，正好对着中院。我们大伙先一起做广播体操，然后一起听新闻，听少年儿童节目，听孙敬修老先生甜甜蜜蜜给我们讲故事，好让我们每天安静地在那儿好好坐一会儿。

一开始不是家家都有收音机，那会儿北京很多人还称之为话匣子。李燕和小宝他们两家都有一个木头壳的日本话匣子。沙贝家的最气派，是苏联傻大黑粗的"波罗的海"牌收音机。当时有这么个大家伙，那就绝对豪华了。黄叔叔家可不一般，不但有带短波的美国无线电，还有慢转留声机。

我干爹朱老丹家的留声机，还是用手摇来上弦的老式机器，听着还不错，就是老得不断换钢针。可是这钢磨般的东西照样可以听《卡门》，听《如歌的行板》。他家的唱片不少，可都是一分钟七十八转的，堆了恨不得一人多高那么一大摞，那也听不了多久。可黄叔叔家的唱片差不多都是一分钟三十三又三分之一转的，还用宝石唱针，几乎不用换针了。那是他从香港带回来的，使我们大开眼界。

到十点多我们再做一遍广播课间操，做完体操以后，就可以自由活动了。我们都忙得很，暑假的游戏实在太多了。我们简直脚不沾地，还在家里吃饭的时候，小哥们儿已经开始满世界喊你的名字了，然后互相召唤，喊声四起。那时候，很少有孩子准时回家吃饭。

那年头儿花样多，我们忙得要命。拍洋画，弹玻璃球，逮蜻蜓，招蝴蝶，粘知了，挖知了猴儿，等等，等等。

二

北京人把蟋蟀叫蛐蛐儿，把那种深色蝈蝈叫驴驹子。孩子们觉得这么叫着才带劲，你要是非得说字儿话，我们也会。上学都学过：蛐蛐儿应该叫蟋蟀，再酸文假醋也知道可以称为促织。

也许你不知道北京人常说：好马长在腿上，好汉长在嘴上。烟袋嘴镶金边儿——就靠这口儿了。如果让这群孩子张口全用标准普通话，全都按照国务院公布的正音正字表说话，那就都成了中央电视台的播音员，都成了水大爷，整个一个假模假式。大雅宝全体好汉，不吓死也得恶心死。

他们虽然来自五湖四海，可是如今都是一口地道北京话。黑蝈蝈叫驴驹子，多么形象！和小型的叫驴一样，也那么黑，嗓门也那么大，也那么欢蹦乱跳，不叫它大尾巴驴驹，就真委屈了。

那会儿招蜻蜓，也不直接说蜻蜓，北京人统称之为蚂螂。最常见的一种小蜻蜓，因为是黄颜色的，我们称之为"黄儿"。据沙贝说，北京孩子也管"小黄儿"叫"蚂蛉儿"，雨后满天都是，大小孩子都出来逮蜻蜓了。

我们右手拿着一个蚂螂网，左手拿着一个招子，所谓招子就是我们自己做的假蜻蜓，捉"黄儿"的招子我们一般用苇叶做。对不同的蜻蜓得用不同的招子，也有用白棉花做的，据说这种招子对重量级的蜻蜓才有效。

逮"小黄"的时候，嘴里还必须念念有词：

"黄儿，你过来，天上有河，地下有水。"也有孩子念成："天上有河，地下有鬼。"

在这咒语般的儿歌声中，那一个个的"黄儿"就如痴如醉地开始跟着我们的招子飞，然后我们的左手往地下一摆，那"黄儿"也随着落下，说时迟、那时快，我们右手的蚂螂网就迅速抢过来把那"小黄儿"扣在网中。抓到"小黄儿"，把两个翅膀一并，夹在左手指缝中。如果你的四个指缝都夹满了，于是那成功之感就油然而生。

逮蝴蝶也得用招子，那招子最简单了。撕一小片白纸，穿上细线绑在小杆儿上，轻轻一摆，那纸片就上下飞舞和真蝴蝶一样。这时，你嘴里得念另一首咒语儿歌：

"蝴蝶乓乓，飞到城墙，城墙上有鬼，咬你的大腿。"

同样，蝴蝶就被抓住了。可见这些昆虫也都胆小，也都怕鬼。

那种大号的蜻蜓，我们称之为"老琉璃"，因为实在漂亮，简直像是玻璃做的。黑黄斑的"老琉璃"，甚为威严。而全绿色的"老琉璃"，人们也称之为"青克螂"。

傍晚出来的这类大号蜻蜓，被统称为"夜子儿"。

招这类蜻蜓就不是一般孩子可以胜任的了，那都是行家的专业。我们大雅宝也就大生子、小蛮子还有春英，才有这个本事。他们招来的这些大号蜻蜓，可以卖给我们门口摆摊儿的，比如大雅宝的贤孝碑胡同口的瘸子大学生，还有煤铺门口的老王头儿，小雅宝胡同口的山东李。估计大生子、小蛮子、春英，他们卖给小摊儿大概也就一两分钱，瘸子大学生他们用张苇叶一包就可以卖两分到五分。大生子他们从来不直接卖给我们，他们和小摊儿的摊主直接交易，从来不会让我们见到。胡同里的孩子偶尔会买个好看的大蜻蜓，夹在指缝里，肩上扛着蚂螂网，在胡同里晃来晃去，得意非凡，似乎自己也是捕捉蜻蜓的高手。

李燕看见这种孩子，就说：腰里掖个死耗子，假充打猎的。

三

大生子那时候，靠自己挣零花钱，知了也是他的一条财路。北京人把知了叫做"唧鸟儿"，个大黝黑的叫做"马唧"，绿色的叫做"伏天儿"。

为这个我和江苏来的表弟明明争论不休。我说：就应该叫它"伏天儿"，它叫的声音就是"伏天儿、伏天儿"。明明说：不对，我们那里叫它"扬茨冈"，你听它叫的声音就是"扬茨冈、扬茨冈"。

当时我们俩争得脸红脖子粗，谁都说服不了谁，都相信自己的耳朵和判断，都觉得对方不可理喻。

多少年后，我的美国女朋友问我：中国的狗怎么叫？我说：汪汪汪。她诧异地看着我说：中国的狗还会说中文？美国的狗就绝对叫不出这样的声音。哈哈哈哈。那时候，我自然想起了当年和明明的这一段争论公案。现在我明白了，人们对于自己听到的声音多么主观，又多么自信。我笑了起来，给她讲了这个故事。我的笑中渐渐有了泪意，我没有机会再和明明探讨这个故事了，他早已乘风归去。

我们捉知了，主要的方式有这么几种：

第一种是挖知了猴儿，也就是去挖知了的蛹。知了猴儿据说时间最长的一种已经在地下睡了十几年了，这时候才开始运动，一点点接近地面。挖知了猴儿需要有经验，要到多年的老树下的地面，细细观察。一看见那种口儿很小可是里面很黑的洞，要趴下来仔细再看，里面漆黑，证明这个洞里面的半径要大许多。然后，先轻轻插上一根席篾儿，定个位，再仔细挑开洞口的薄土，这个笔直向下的洞顿时豁然开朗。有的知了猴儿已经在洞口了了，那就很简单，它会主动抱住你的小拇指，让你轻轻把它拉上来。也可以用席篾儿探它，它一高兴就抱住了这根稻草，你可以把它挽救出来。

最麻烦的是它还在很深的底层，你只好一点点从四周挖起，像出土文物一样，一不留神手里的刀子就会伤到娇嫩的知了猴儿。挖回来以后，就放在你家纱窗上，或者蚊帐里，等它慢慢蜕变。第二天清晨它已经出了壳，翅膀还是嫩绿的，缩成一团。如果你有耐心，就守在一边，看它的翅膀一点点地伸开，颜色一点点变暗。最后变成油亮的漆黑，就可以展翅飞翔了。把它收服在合适的地点，例如用线绑住它的翅膀，放在你家的花圃里，从此它就在你家里纵情歌唱。

第二种是在雨后或傍晚，去摸知了猴儿。拿着手电，在每棵大树旁仔细搜寻——这时候它们开始出洞了。当它们正在地面匍匐前进，或者正在树干上爬动，你就一一将之就范。人的眼睛真是奇怪的东西，我们晚上在很远的地方就可以感觉到，那棵树干上移动的黑点是天牛还是知了猴儿，决不会错。可惜了，在书斋中多年伏案，这些本能恐怕早已丧失殆尽了。

知了猴儿蜕变成知了以后，可以卖给那些摆摊儿的，而剩下来的壳可以卖给药铺，就是著名的蝉蜕。东安市场的手艺人也要，用来做微型猴子的原料。他们做的小猴子，是一道"拟人民俗再现"，和胡同里的百姓一样，有剃头的，有拉洋车的，有卖馄饨的，都做得生动活泼、惟妙惟肖。我一开始非常纳闷，他们怎么做得这么细致，连腿上的毛都做出来了。后来才知道，这是用知了猴儿的壳儿做的，那些逼真的细节，都是造物主的杰作。他们的聪明在于借用天然材料来做成自然，这不是以假乱真而是以真乱假。那时候的人就是聪明。

第三种方式在城里就很难进行了，得到香山或者西山一带。那边的知了儿多，而且似乎比城里的也傻。有时候，它们就在矮树的树干上，吱吱地唱个不停。因为听得见它的歌声，很远就可以看见它在哪里，这时可以利用树干遮住身影，也就是说，你要在看见它之后，远远绕一大圈，绕到它停留的树干后面。那时候，它看不到你，可是仍可以感觉到你脚步的震动，所以你必须蹑手蹑脚地慢慢接近树干，悄悄伸出头，确认它的具体位置——只要看见它的影子或者翅膀的一角就足够了，否则当你看到它全身的时候，它也就看见你了，只听"喳"的一声，它瞬间就消失在万里晴空中。所以，只要确定了它的位置，把手慢慢垂下，轻柔地凑近树干，然后就可以以迅雷不及掩耳之势，一把把它攥到手中。还不能攥得太紧，需要的是活捉。

香山的知了，和城里或豁子外的不一样。它们额头上，有一颗闪闪发光的星星，似乎是一块小小的宝石，折射出五颜六色的夺目彩光。这真是造物主顺手给你的奇迹证明。

大雅宝出游图

右起：李琳（李苦禅长女）、黄永玉、李燕、袁骥、袁骢、程妩珊、张郎郎、董沙贝、彦冰、董沙雷、李小可（一九五四年或一九五五年）。

第四种是最常见的粘知了。用普通白面在水里慢慢洗出来面筋，然后把一小块面筋捻在竹竿的梢头，如果竹竿不够长，可把两根绑在一起——我们周围的知了都在大树的树尖儿上。我们就举着这个超级武器，到处瞭望。那时，夏天每棵树上都有不少知了儿，天越热，叫得越响。大中午的天都让太阳给照白了，知了、伏天儿齐声合唱，简直震耳欲聋。

看准了知了的位置，把竹竿慢慢向它靠近，然后稳准狠地轻轻按在它的背上，在继续挣扎的呼叫中，知了就被粘在面筋上了。干这行要有手劲——举得动这么重的双重竹竿，还要有好的眼神，能从万绿丛中分辨出它微小的身影。同时，还要心静手定在那么远的距离，能够信手拈来。这才是真本事。

这是大生子、小蛮子他们的拿手好戏，我们只是跟着起哄而已。

还有另一种抓"活物"的游戏，是逮蝙蝠。前面我聊的都是昆虫类，逮蝙蝠就有些"惊心动魄"了。现在想起来也很奇怪，人已到了"姥姥不疼舅舅不爱"的岁数，个个儿都是面茶锅里煮鸡子儿——犯浑的混蛋，俗话说，武大郎玩儿夜猫子——什么人玩儿什么鸟儿，你们玩儿什么不行，非得去逮蝙蝠干吗呀？人家还是益"鸟"呢。哎，这帮土匪，你还真拿他们没辙。

北京人管蝙蝠叫"燕巴虎"，胡同里的孩子逮燕巴虎的方法也另具一格。当时，我们家的房檐儿底下，隔壁空军招待所的楼沿儿底下，到了夏天一擦黑儿，大批的燕巴虎就呜央呜央地"漫山遍野"布满大雅宝的天空。其实，人家是出来吃蛾子、吃蚊子呢，可是正在乘凉的孩子们，却把燕巴虎变成了心中必须捕获的猎物。

成群的孩子，每个人都脱下一只鞋，光着一只脚，抬着小头，紧盯着夜空中呼啸而过的蝙蝠群。当那群黑色闪电向孩子们俯冲过来的时候，只听大生子一声呐喊"燕巴虎，钻鞋喽"，其他孩子跟着同声呐喊，同时手中的鞋都抛向天空，形成了一个"飞鞋阵"。当这些鞋落地的时候，居然就有两三只蝙蝠钻进鞋里。我的鞋里就钻进了一只，兴奋得不得了，可是不知怎么处理。小生子过来，轻轻按住鞋，掀起一边，抓住了两边的翅膀，让蝙蝠无法咬到，然后笑嘻嘻地说："你瞧，它们的牙多尖，可得小心，咬一口受不了！"并问我："拿回家养着，还是打算放生？"我赶紧说："放生，放生。"他垂下双手，猛然向空中端起，在暮色中那蝙蝠又冲上了天空。

那时候，我们这帮土匪忙的事儿实在太多了。现在一般说，那时候的孩子无非就是弹球、拍洋画、逮老儿，其实，每类游戏里还分好多种，每种还都有相当复杂的规矩。以后，再和你慢慢细聊。

16、家家花丛

想起来我们每家的房子和现在的院子还真是不一样，里面布置得更不一样，可是院子里家家都要种花。如今北京发展得很快，然而平民百姓却难得有块地来种花了。那会儿院子很空，虽然家家离得那么近，可是每家门口或窗下总有块种花的地方。

老赵他们家当然绝对没有种花的地方，主要是他们的门对着门洞，他们总不能往门洞里种花吧？可是家里照样得种点儿什么，小生子就用一个小碟子，里边放点儿水，切了个带点儿缨子的萝卜头，长出来鲜嫩的叶子，照样好看。

小燕他们家种的是西番莲、美人蕉之类的花，另外还种了豆角和葫芦，还用小绳把绿色引向屋顶，这样他们家就可以在绿阴之中了。沙贝他们家居然种了一丛矮小的竹子，那会儿在北京竹子极少，可能因为他们是南方人，他爸爸老家是浙江，他妈妈是湖南，那边的竹子翠绿婆娑，郁郁葱葱。虽说这里的这点竹子半青不黄的，可到底是竹子，照样在风中微摆，照样在雨中沙沙作响。他们还种了老倭瓜，肥厚的绿叶，鲜艳的黄花，再挂上一个秫秸篾儿编的蝈蝈笼子，里边的驴驹子，叫得山响。

我们家种的都是容易活的，指甲草，喇叭花，太阳花——就是"死不了"。我们也种点儿猫耳朵豆角，可是没种其他的。我从胡同里小蛮子那里讨换了点儿葫芦籽儿，想自己种出葫芦，将来可以让蝈蝈过冬。

爸爸喜欢收集专门让蝈蝈过冬的小葫芦，当然，如果属于古董又当别论。我爸收集的是当时的民间儿童玩具，都是染成紫色的扁圆形葫芦。艺人用刀在紫地儿上刻出白色的花纹、图案，那些线条非常流畅，如行云流水，看来这些艺人也不简单。看见这些花纹，就可以想象那一双手，像黄叔叔的手一样，一只铁箍似的把葫芦紧紧卡在桌面，另一只用刀如笔，龙飞凤舞，沙沙作响，一眨眼一个个紫色葫芦就花样百出了。

我把葫芦籽种在我家后面的小院儿里，也就是我们家厨房外边的屋檐下。我和娘娘说好了，把洗米水都浇到我的园地里。可也奇怪，我上了这么大的心，结果，到了夏天一共只活了一棵。我天天小心呵护，它终于苗壮成长起来了，叶子肥大，瓜蔓儿也黑绿黑绿的，和大拇哥一样粗。一来二去，它就爬上了房。上房之后，才开了花。这下我可犯了愁：刚刚学过植物学，开花需要授粉，要不就结不了瓜。可是我的园地里只有这一棵瓜，哪里来的花粉呢？

想到这儿，我决定向沙贝哥儿俩求援，因为他们家的老倭瓜藤子上上下下开满了耀眼的黄花。我趴在他们家的窗户一看，不错，哥儿俩都在。一本正经地坐在那里画水彩呢。我敲敲窗户，沙贝的妈妈开开门：是你啊，郎郎。找沙贝啊，进来吧，一起画画。

他们哥儿俩今天一定是答应了爸爸的要求，坐在那里仔细描绘对面的一盆儿菊花。那金色的菊花，真是灿烂。我耐着性子，看他们怎么画，他妈妈还偶尔给他们指点一下。我看着他们家靠墙的那幅巨大的油画《开国大典》，听说他爸爸为了画这幅画还在北总布胡同租了一间小房子，充当画室。大概这几天他爸爸一直在修改这幅作品，所以搬回家里来了。现在他爸爸也正在画那丛金色的菊花，把它安排在画面的右下角。哈哈，原来是他们哥儿俩正在画蹭儿呢。

我小声跟沙贝说：你们接着画我不打搅了，我想掐两朵你们家的倭瓜花。他问：喂蝈蝈啊？我含含糊糊地点点头。沙贝就和他妈妈说了一声，出来给我掐了两朵花，说：不够，再来拿。我连忙道谢，然后撒腿就跑。

跑到小院儿里，我把粘知了的竹竿给顺了出来，用面筋把一朵倭瓜花粘在竹竿梢头，企图给我们家房上的葫芦来个人工授粉。可惜差一点还是够不着，我就搬来一个方凳，自己站在方凳上庄严地进行人工授粉。

我娘娘这时候就紧张了，怕我一不留神摔下来，大呼小叫地喊道：这孩子，你这是干吗哪？快下来，快下来！

我当时认真得要命，就给她一个根本不理，一句话也不说，

乔乔抱着寥寥，旁边站着大伟。

董沙雷、董沙贝哥俩，五六岁的时候。

继续授我的花粉。

这工夫有个人走过来，静静地站在一边看我。我顺眼看了看，不认识，就没搭理他。

他大声说：小朋友，怎么这么淘气？也不听大人的话。你捅人家的花干什么？

我一听，气儿就不打一处来。好在我的人工授粉完成了，就从方凳跳了下来，理直气壮地说：第一，这花就是我们家自己的花。第二，我不是在往下捅花，我是给我们家的葫芦进行人工授粉。

我娘娘也连忙对他笑着解释，的确不是我胡来，她这样着急主要是怕我摔着。

我一边听，一边打量这个人。个子不矮也不高，年纪不大也不小，剃个小平头，穿着一双海绵拖鞋。我立刻对这双拖鞋大感兴趣，要是有这样一双拖鞋那就阔了，可以做一副最时髦的海绵乒乓球拍了，那时候就缺少这种原料。

他听完哈哈大笑，说：误会误会，原来你是个植物学家，苏联有个米丘林，那你就叫面丘林好了，哈哈。我叫黄永玉，今天刚搬来的，和你爸爸妈妈都见过面了。

黄永玉先生就这样搬到了贝亚杰他们家原来住的房子里。

黄叔叔为什么爱和我们玩儿呢？现在想起来，我觉得他那会儿就特别喜欢和小孩儿交朋友。他后来成了我们院儿的孩子王是有原因的：他那时正好是不大不小的尴尬年龄，正好搬到了我们院儿。比这些老先生，他是个晚辈；和我们比，他又是个大人。

大雅宝中院儿，正对着的是中院儿西屋，也就是黄永玉先生家。这也是
董沙贝的油画。

于是，就不好意思拿自己当外人了，主动请缨当了我们院儿的孩子王。

后来他告诉我们，那时住在这个院儿里的许多老画家都是他少年时代心目中的崇拜对象，现在居然能够搬到一个院儿里，还成为一个学校的同事，过去连想都不敢想的。他自己本来就是个大小孩，还没玩够呢，现在趁机补回来没过够的瘾，所以他叼着烟斗走来走去，开始了他的儿童外交。

正是我们院儿要风来风、要雨来雨最旺盛的时候，黄永玉先生搬来了。真是来得早不如来得巧。他的邻居是体育老师詹易元先生，就住到万曼先生原来住的房子。他们家也是三个孩子：老大叫小崽儿；老二是个女孩子，叫桂萍；小儿子叫小小儿，长大以后成了全国有名的跳高运动员，打破过国家纪录。

你算算大雅宝胡同甲二号，这个院子有多少个孩子？二三十个。一群群土匪从前院风驰电掣一直冲到后院，然后返回呼啸而过，又冲到前院儿。他们个个精力过剩，在飞奔中快乐无比。我又是其中最快乐的人，因为我见过许多他们没见过的事情，似乎都记得，似乎又记不大清。他们也见过许多我没见过的事情，他们比我懂得在北京怎么玩儿，怎么高兴。我比他们知道许多大人奇怪的故事，那些都属于他们闻所未闻的故事。

17、黄永玉

一

和黄叔叔斗蛐蛐儿，是我们和他深交的开始。

黄永玉搬到我们院儿，一开始并没有引起这帮孩子的注意。首先，这院儿里的名人就够多的了。黄叔叔那会儿还不是名人，而美术界的名人和这院儿里的孩子个个都脸儿熟。

远了我也不和你说，单说大名鼎鼎的齐白石老先生，和这个院儿的关系就千丝万缕。齐爷爷一来，全院儿的孩子前呼后拥跑来看，虽然大家都知道，齐老先生由于特殊的处境，脾气比较特别。比如，到齐爷爷家千万不要吃他给你端出来的月饼和花生，那只是他待客的一个仪式，你要真动手，就等着回家挨揍吧。一来你真吃了，齐爷爷肯定心里不高兴；二来，你肚子肯定要出问题，那月饼和花生都不知是猴年马月保留到如今的。

但是，他对孩子们都是一样地和蔼可亲，给孩子们的压岁钱每人是一块钱，那年头对孩子们说来就是一笔巨款了。不过你就是再多叫他几声好听的，他也决不会给你再添一分钱，你有千条妙计，他有一定之规。所以，我们都特别喜欢这个倔强的老头儿，虽然那时候，我们还不知道他的画到底有多么好。

所以黄先生搬来的时候，我们基本没什么反应。一来，看着面生，我们以为只不过来了个青年教员吧；二来他们家没有和我们一样大的孩子，只有一个黄黑蛮，还是个小不点儿呢。

当沙贝跑来告诉我，这位黄叔叔是从香港来的，这就引起了我的注意。过去张光宇伯伯带着张临春就是从香港回来的，《木偶奇遇记》的原装画册也是他们从香港带回来的，可见那是一个洋地方。我首先关心的是：他们家有没有我心爱的卡通画册？还有没有令我们大为兴奋的这类宝贝？后来事实证明，他果然有，还不是一件两件。一件又一件，件件都精彩。

黄永玉搬到我们院儿的时候，才二十八岁。那时候李可染先生也才四十五岁，董希文先生三十八岁，我爸三十五岁，虽然李苦禅先生是全院儿年岁最大的画家，已经五十三岁了，可是今天来看，都这么年轻啊。他们真是赶上好时候了。大雅宝的这个院儿，真是个艺术大磁铁，各个年龄的各路豪杰被吸引到一起来了。

记得那是暑假里的一个傍晚，吃完晚饭，我们院儿的老太太大军拿着蒲扇和小板凳到大门口去乘凉了。我们这些孩子，就站在大门口的路灯下，海吹神聊。李燕知道的古灵精怪的事情最多，比如，他告诉我们，他最想实现的一个梦想，是以后养一只墨猴，个子很小，可以训练它帮你研墨，画完画，还可以帮你把剩余的墨吃了，然后钻到你的口袋里，和你一起上街去遛弯儿。我们听得大眼瞪小眼，有这事儿吗？

李燕说，那当然了，是我爸告诉我的。

袁骥小伙子长得端正、精神，也是一大神侃，那天他给我们开讲当年盖世太保在柏林的故事。他正侃到盖世太保的化装舞会最精彩的时候，小生子上气不接下气从院子里跑出来，说：快去看看，新搬来的黄叔叔、黄妈妈在中院儿表演节目呢。我们这帮人呼啦一声，前呼后拥就奔到了中院儿。

第一次见到黄妈妈真不觉得她像中国人，至少不是那个年代的中国人。她穿着一条杏黄色的布拉吉，肩膀上似乎只挂着两根带子，裙子上面横七竖八地抹了些不规则的咖啡道子。五十年代的北京就没见有人这么穿过，甚至没人见过这种花样的裙子。她头发扎成一个马尾巴，显得相当清爽，跟着旋律摇来摆去，拉一个酒红色的手风琴。北京哪儿见过这个景致？纯粹和外国电影差不离了。沙贝他们家的王大娘后来说，这黄太太哪儿哪儿都漂亮，就是她这胳膊、腿儿也忒细了。她哪儿知道人家香港人，觉着越瘦越美。香港人那会儿也不知道，老北京的一美是"胖丫头"。

后来才知道黄妈妈拉的那手风琴是意大利的。

拉完过门，黄叔叔和她一起开唱：

　　西班牙有个山谷叫亚拉马，

人们都在怀念着他，

多少个同志都倒在山下，

亚拉马开遍鲜花。

国际纵队来到了亚拉马，

保卫自由的西班牙，

他们要誓死战斗在山下，

亚拉马开遍鲜花。

刚搬到一个院儿，就以这种奇特的方式作为开场白，可以说黄永玉绝对是独出心裁。黄叔叔无论想出来什么惊天动地的招儿，黄妈妈总是毫无保留地大力支持。这和我们院儿过去的规矩、派头儿，全然不同，全不沾边。可是我们院儿里的大人们整个一个君子国，什么都能包容，他们个个大度地笑眯眯容纳着一切。这些孩子们整个一个浪漫国，什么新鲜事儿都报之以热烈欢迎，何况这两位是从香港投奔光明的热血青年，他们和我们都是一类人，于是立刻和我们大雅宝水乳交融般掺在一起了。

首先，我们真是被他们的热情所感染，也同时被他们那个意大利的手风琴给震了。那时候这种进口的东西，在北京是相当罕见的。在这个院儿还算经常有人出国，但是这种属于奢侈品的东西根本见不到。虽然我爸是中央美院出国机会最多的人，但是他决不会给我们买一架手风琴之类的东西。他真正舍

张梅溪（黄妈妈）抱着黄黑蛮（左），妈妈抱着寥寥。

坐着的是黄永玉，后排左起：张梅溪、祝大年、吴冠中、袁运甫（五十年代中期）。

得花钱的还是买他心爱的莱卡照相机。他说这是工作需要，我当然同意，同时也暗暗知道那只是一方面，真正的原因不言而喻：相机是每个这种大人的心爱玩具。尤其画画的人，那就简直是一定的了。

黄叔叔挥动着手臂，鼓动我们一起唱歌，其实这个歌我们早都会了，一开始都用蚊子扇翅膀的声音哼哼，接着就和黄叔叔同声同气了，后来越唱越高兴干脆扯开嗓子吼了起来。

黄叔叔和黄妈妈那天非常高兴，这么快得到孩子们的认同，这院儿里的孩子一批准，他们就是名副其实的大雅宝人了。

二

第二天早上，我和沙贝决定：一定要让黄叔叔知道知道，这里的孩子也不是等闲之辈。咱们就得和他较较劲，实际上我们想要确证，他是不是从心底和我们一路的？是否可以不分彼此地和我们这帮土匪一起玩儿？

院子里其他的大人从来都对我们十分和蔼、亲切，可他们和我们还是隔着万水千山呢。那时候，我们心里似乎老觉得空着一块，那就是缺少一个让我们心服口服的孩子王，而如今，我们觉得黄叔叔就应该是我们院儿的孩子王才对。

这院儿里的大人其实也都是大孩子，全世界的艺术家都这样。不过有些是严肃的大孩子，有些是必须正经的大孩子。那个年头儿，规矩就得这样。俗话说，少要稳重，老要狂，结果我们老成不起来，他们也没法儿狂。艺术家都是孙猴子，可是这会儿每个猴子都有唐僧在后头，唐僧后头还有如来佛呢。

我和沙贝商量的结果，是决定在我们的走廊办一个自己出版的墙报。

我们的走廊位于前院儿到小院儿之间，这是孩子们游戏的重要场地。尤其是夏天，外面太热，太阳也太亮，这里不但阴凉，而且一直吹着习习的穿堂风。我们就在这里玩儿拍洋画儿、沾洋画儿，更主要的游戏是用三角或者洋画玩弹锅儿的。

沙贝喜欢当庄，他就画一个锅儿。其实就是一个大方块，分成四个小块儿，在里面分别写着：1、2、3、4。他把我们每个人的洋画儿大力弹向远处，我们自己再分四步弹回来，口中还按照规定必须同时念念有词：

一弹弹，二顾念，三打鼓，四要钱。

在念叨"四要钱"的同时，我们力图把自己的洋画儿准确地弹到沙贝的锅儿里去，如果成功入锅儿，沙贝就要按照标明的数字赔给你洋画儿。如果你压线了，或者没有入锅儿，沙贝就没收了你的洋画儿。

在这里，我们度过了多少快乐的时光。

我们从洋画儿上学了不少东西，孩子们的诸多知识几乎都是从洋画儿上背下来的，比如我们怎么知道的《水浒》里一百零八将的姓名和绰号；比如我们怎么对《三国》里的人物了如指掌，知道徐庶为什么进了曹营，就一言不发了，知道诸葛亮为什么不老老实实继续卧龙在南阳，还知道什么时候吕布一介武夫把桃园三结义变成了走马灯，还知道蒋干多么可爱，为什么他是古代最笨的间谍，等等。那时所有的洋画儿正面是彩色的图画，反面都是解说文字。

当轮到其他人弹洋画的时候，我们这些等待者正好可以仔细研究手中的这些洋画儿，这些旁门左道的知识就潜移默化地溶到我们的骨子里去了。

现在我们要在这里开办大雅宝的少年墙报，怎么才能震黄叔叔一把？几个人商量来商量去，最后决定还是画漫画。因为这活儿干得最快，再说，我们过去就爱练习画些漫画小人儿。

于是我们集中在沙贝家里，一起认认真真地创作漫画，跟真事儿似的。

现在还记得，我画的是《人造地震》，画面上是两个小孩在房上，屋子里的电灯泡来回晃悠。这是我们院子常有的事儿，我们这个院儿比不上斗鸡坑那个院儿，没有自己的枣树。可是隔壁的二号有两棵枣树，它们的枝叶正好覆盖在我们院儿的西房上。每当枣儿一熟，我们院儿的土匪就纷纷上房，于是接二连三、上蹿下跳，而各家的老太太们就不断地大呼小叫了，一来是屋里房梁不断掉土，二来是怕摔了孩子。

她们都愿意给孩子们买枣儿吃，真怕他们上房。可是对我们说来，似乎买的枣儿永远比不上偷来的枣儿好吃。大雅宝的孩子上房，成了各家头疼的问题，于是我就画了这么一张。

沙贝画了一张《中院儿在庆祝什么？》，画面上是中院儿的晾衣服绳子横拉竖扯，挂满了五颜六色的衣服，好像是彩旗飘飘在庆祝节日。

其他的孩子也画了一些，主要是我和沙贝一手策划。最后终于凑满了一版，我们就仔细粘贴在用几张报纸拼起来的衬纸上。

趁大人都在睡午觉的时候，我和沙贝、沙雷一起把这第一期墙报悬挂在走廊的墙壁上。然后我们藏在沙贝家里，像侦察兵一样，仔细观察路过的大人如何反应。每当一个大人从这里经过，我们就紧张得喘不过气来，趴在窗户上听他的脚步是否慢了下来，是否停下来看看，再听他有什么反应，有什么话讲。当然我们真正等待的就是黄叔叔一个人。

我们院儿住的人这么多，当然不断有人匆匆而过，有的人根本没有注意到我们的墙报，但那毕竟是少数，多数人都停下来看看，还嘴里嘟囔着：哎，学生们自己办墙报了？谁组织的？没听说啊？大概都是这么一类反应。难怪，谁让他们是大人呢，谁让他们是教授呢。

等黄叔叔路过的时候，我们自然格外紧张。我和沙贝哥儿俩都忍不住了，悄悄跑到院儿里，从墙角那里偷看黄叔叔的表情。他路过的时候，一眼看见了我们的墙报，当时就停了下来，叼着烟斗仔细观看。突然他哈哈大笑，声音特大，在中院儿走廊里来回共鸣，笑得地动山摇。别看他个子不高，笑声真是气冲云霄。

这就是我们的第一个回合。

达到了我们预期的目的。

虽然后来黄叔叔把我们收编了，也要求我们一本正经地办起了正式的墙报。

三

但是，暑假我们最重要的活动仍然是斗蛐蛐儿。

古人把它叫做促织，字儿话叫蟋蟀。我们当然知道，可是叫蛐蛐儿还是亲切百倍。它的双翅一抖，我们的心尖都跟着乱颤。

黄叔叔也有绝的，他对我们说，他自己逮蛐蛐儿早就是多年的行家高手，让我们全力以赴，好好去逮，回来以后才有资格去找他斗蛐蛐儿，大战三百回合。

好，这一下我们全体好汉，绝对不甘示弱，于是就摩拳擦掌整装待发了。

董家的哥儿俩一度被我们叫做"工业化"，他爸爸给他们一人买一身劳动布的衣服，那衣服就和侯宝林说的一样：禁（读第一声）拉又禁拽，禁扯又禁踹！每人脚下还都蹬着一双翻毛高腰儿的皮鞋。

你想他们爸爸真是用心良苦，对付这帮土匪当然不能随便地剿灭，要适当地节省，又要顾及到他们的安全。他们这身工作服要样有样，相当威风，同时还非常实用，无论和大羊宜宾胡同的孩子土坷垃大战，还是到豁子外去逮蛐蛐儿，这身行头再合适不过。无论跌打滚爬，还是上房揭瓦；无论钻铁丝网，还是扯喇喇秧，别的服装绝对不灵。

忘了告诉你，我们大雅宝胡同，原来叫大哑巴胡同。民国时期已经雅化了一番，可是你那会儿要是叫三轮儿，说：来个车，去大雅宝胡同，人家准白你两眼：先生，真不知道您说哪儿呢。

要是你说，来个车，去大哑巴胡同，人家二话不说，走着！

刚才我说的那个大羊宜宾胡同，原来就是大羊尾巴胡同。小羊宜宾胡同后来搬去了文学家沈从文先生，他是黄永玉叔叔的表叔。我知道他老先生原来住在东堂子胡同，黄叔叔没来之前，我们就知道他。我妈妈老念叨他，讲他的故事给我们听。我娘娘不认识字，可是对他们家的八卦故事倒了如指掌，没事还和我讨论讨论。我至今也不明白我娘娘到底是怎么回事，大雅宝的老太太可真不简单。

北京话"尾巴"读作"乙巴"，所以大羊尾巴胡同被雅成了大羊宜宾胡同。那边儿的孩子隔三差五地要和我们大雅宝的孩子大战三百回合。后来他们自动向我们投诚了，一来大雅宝的孩子越来越多，将多兵广——尤其我们院儿这么大的孩子，呼拉出来就是一大片，简直漫山遍野，简直就是一支强大的野战军。

二来沙贝、沙雷哥儿俩又是武器制造专家，使我们不但人多势众，同时武器精良，什么橡筋动力钉子手枪，什么胶泥石灰手榴弹，制作功夫了得，很快就在这一片儿创出了名声。很快我们扫平了这一片儿，从此没有别的胡同孩子敢和我们院儿的孩子较劲了。

这些新式武器都是沙贝的点子，沙雷的手工。如果赶对了点儿，他们哥儿俩准是中国的爱迪生兄弟。

大雅宝胡同甲二号的孩子们在所向无敌之后，没来得及走向寂寞孤独求败，就立刻找到了新的暑期过剩精力投射点。这就是蛐蛐儿！

因为我们这帮孩子有段时间忙于备战、制造武器，花费了大量的时间，于是我们的蛐蛐儿，在这个胡同里还被小蛮子他们远远地抛在后面。原因很简单：我们院儿逮蛐蛐儿的高手大生子，在这个游戏里从来不和我们扎堆子。他的蛐蛐儿绝不代表我们院儿的孩子出战。

那会儿，我就觉得哥们儿够狂的，你不也就比我们大一点，比我们能耐一点，你远征豁子外不也就比我们远点。话说回来了，人家就一句话，顿时把你顶到南墙：不错，就凭这几个一点儿，逮到的蛐蛐儿就比你的棒得多得多！我们拿黄叔叔的话对他实行激将法，他听我们添油加醋说了黄叔叔的狂话，只是笑笑说：你们先去。等你们都真输给他了，我再去看看也行。

那时，我们挺不忿的，好歹你也是咱们甲二号的，你蛐蛐儿棒，我们绝对承认，怎么老不拿出来代表咱们院和马路口上的小蛮子练练？当然咱们胡同真正的蛐蛐儿高手是煤铺大院里的春英，他的蛐蛐儿在南小街一带，谁不知道绝对头一份。大生子也就笑笑，不争辩，不和我们一般见识，似乎在这里他是大人，我们是小孩儿。

其实他也够土的，赵大爷带头剃个光头，还给大小生子哥儿俩都剃成大秃瓢。孩子们的儿歌就唱起来了：

秃瓢秃瓢没有毛，

有毛不叫大秃瓢。

别嫌秃瓢不好看，

能为国家节省电。

现在想想也是的，他们家就一间房，进门就是一个大通铺，大夏天的都乘凉到半夜，赵大爷和大生子就拉一块铺板睡在门洞里，小生子和她姐睡在屋里。天刚亮他们都起来了，也就小生子还有点儿特权，可以多睡会儿。你想，这会儿就有人上班了，弄不好，教务处、办公室什么的就有电话来找老师们了。全院儿就这一部电话，就在大生子他们家的东墙上。

你可能在抗日题材的电影里见过这种电话，一个木头盒子，盒子上有个黑胶木的圆筒，那就是您对着说话的地方。听筒拖住一根电线，可以挂在木头盒子外边儿的那个铁叉子上。

这些中央美术学院的教授全都是用这一部电话，可惜那年头这里没有录音设备。如果这个木头盒子有记性，多少有趣的故事会从这里衍生出来：讨论国徽的，研究人民英雄纪念碑的，构思《开国大典》油画的，设想出版《万象》杂志的，等等，等等，就全靠这么一部电话，真难为它老人家了。

赵大爷一家四口就靠他一个人当门房的工资，而且姑娘已经到了要找婆家的岁数了。有一天，我看见他们一家人，吃饭的时候全都吃土豆儿蘸白糖，我问：怎么不吃饭？赵大爷笑着说：天太热了，吃这个多舒服。他连忙要给我拿一个，家里不让我随便吃人家的东西，就笑笑婉拒了。晚上告诉我妈他们家的奇怪伙食，我妈沉了一会儿，说：他们家困难啊。

大生子不知是天生的手巧，还是后来学的，他不知道到哪儿找了一个旧变压器，拆出来许多漆包线，用砂纸把漆皮都褪了下去，变成锃亮的铜丝，然后，一来二去编出来了个蛐蛐儿罩子，真能气死工艺品商店。他早出晚归，逮了很多蛐蛐儿，可是不和我们斗，也不在胡同里显摆。天天逮，也不知那些蛐蛐儿都哪儿去了。后来孩子们传说，他去东四卖蛐蛐儿了。啊？至于吗？我们都愤愤不平，好像他对不起我们大伙儿似的。可是第二天，我们没一个人再提这个话茬了。看来所有的家长，异口同声地要求我们不要再议论他们一个字。他们是我们院儿里，最需要照顾、最需要理解的一家人。

于是沙贝来找我，说：咱们人穷志不短，马瘦毛不长，远征豁子外，踏平鬼子坟地，一定逮回来真正的好蛐蛐儿，不能让小蛮子和春英那么得意。再说，黄叔叔说的话也不知道是真是假，咱们没有好蛐蛐儿，就没有发言权。沙贝的主意往往出人意料，还非常浪漫，他说：最好咱们能逮住个八厘的。

据说称蛐蛐儿的戥子，称出来最重的，也就是最大个的好蛐蛐儿，正好八厘，所以八厘成了蛐蛐儿极品的简称。沙贝接着兴高采烈地说，我不拿出去斗，在家里好好养着，盆着。我给他吃螃蟹肉，再给它找一个小巧玲珑的金三尾，让它们成双入对，以后甩籽，明年春天大批的上好蛐蛐儿秧子，就孵出来了。别说这条胡同，就是整个南小街，甚至包括东四牌楼那边玩蛐蛐儿的都得吓傻了，黄叔叔也得对咱们心服口服了。

那会儿我们说孵蛐蛐儿，地道北京人得说"奋"蛐蛐儿，要不就露怯了。为了让你明白，我才和你通俗一下。

他们哥儿俩还真是坐言起行，没有漆包线，就去买了铁丝，没两天也编好了自己的蛐蛐儿罩，沙雷是眼角一瞄就会的主儿。李燕，剪了一块纱窗，卷成个筒，一头用三合板堵上，另一头用一支旧袜子筒缝上。这就是逮蛐蛐儿的必备用具之二：亮子。这是存放抓到的蛐蛐儿的地方，好比是钓鱼用的鱼篓——好进不好出。沙贝没找到纱窗，二话没说，干脆拿他们家一个碎了胆的旧暖壶竹壳子，再缝上旧袜筒子，顿时齐活。

这哥儿俩又把自己家的火筷子烧红了，砸得又直又尖，这就是直捣蛐蛐儿窝的用具，逮蛐蛐儿必要工具之三：钎子。

终于小燕、小宝也都先后备齐了这三宝，于是他们个个全副武装，准备出征了。我估计他们和我差不离，手都没董家兄弟这么巧，估计他们逮蛐蛐儿的这三宝，九成是买的或者是过去家里存下来的。

我可就惨了，做也不会，家存也没有，这会儿我又没有足够的零用钱。好在沙贝、沙雷哥儿俩决定吸收我这个热情澎湃的志愿军，于是我两手攥着空拳就和大伙一起出征。好在人多势众，我们兴高采烈、浩浩荡荡出发了。小生子最后才得到他爸爸的同意，连滚带爬地追了出来，就和我们一起出豁子啦！那会儿出豁子，和现在出国的意思差不离。

那时候，北京四周还围着城墙。交通慢慢发展了，那几个城门不够用了，在朝阳门和建国门之间拆了一段城墙，就是我们这个豁子，让大雅宝胡同直接通向了城外。

这就是后来的雅宝路。

当时城墙用途很多，家里垒个鸡窝，砌个花池子什么的，就到豁子那边搬回来几块城砖。要用黄土，直接到豁子那里去抬两筐。我估计春英他们家没少用城墙肚子里的黄土做煤球。那时候觉着就是方便，人们大概觉得祖宗那会儿留下来的东西，就是让我们随便用的。那时候谁都知道人民政府准备在北京西郊盖一个新北京，这些老东西肯定都要拆走的。那会儿谁也不知道，这些东西再复原是不可能的了。除旧迎新，这旧的还要它干吗？我们这是废物利用。

于是我们整队，向豁子外出击，决心要逮回来最厉害的蛐蛐儿，誓言要在南小街一带，势如破竹，横扫三军。

且不说我们让草棵子里的小咬叮得浑身大包，也不提让喇喇秧在我们胳膊上、腿肚子上抽出来一条条的红印子，更别看我们一身臭汗两脚黑泥，虽然我们没有逮着一只够得上八厘顶尖的蛐蛐儿，可是我们的亮子里小红头、大黑头各种蛐蛐儿都快装满了。我们为了让蛐蛐儿舒服，还在亮子里塞了一把青草，看来它们在里面也很快乐，在我们回来的路上，它们已经开始此起彼伏地演奏起来了。

一回到大雅宝，我们各人赶紧窜回家，洗涮一番，免得大人看见有气。我们洗完了澡，换完小背心儿，就到李燕他妈妈那儿上点儿二百二红药水，或者抹点儿碘酒，个个都有伤。这有什么，轻伤不下火线。我们清楚。

第二天一大早，沙贝、沙雷就和我一起细细给蛐蛐儿分类。我自己逮的蛐蛐儿都用纸筒装着，放在沙贝的亮子里存着。可惜这些家伙牙口太好，全都咬破纸筒，移居到沙贝的亮子里去了。好在我们都好说话，沙贝和我大概分了分，各自选了几个将军级的蛐蛐儿，放到准备好的瓦罐里面。沙贝告诉我，必须给它们吃辣椒，让它们性子火暴，才能够开牙。蛐蛐儿要是不开牙，那真是个大也没用，关键在于战斗力。

　　经过几天的认真准备，我和沙贝、李燕、小宝也进行了演习性的战斗，最后选出来三只最厉害的蛐蛐儿，就相约一起到黄叔叔那里去比个高低。我们一人捧住一个罐儿往前走，后面跟上了全伙梁山好汉。连不大和我们凑合的大生子，也跑来看看这个空前的蛐蛐儿比武大会。

四

　　黄叔叔正在家里刻木刻，那是他自己加班儿。每天他真正干活应该在夜深人静的时候，所以我们来了，他并没有不高兴，乐呵呵地说：好啊，你们的三个大将军，准备哪个先上第一场啊？

　　我们笑了，说：我们先看看你的蛐蛐儿，再决定。谁不知道那个赛三场马的故事，现在不用动这个脑子，就是先得知道你到底有没有蛐蛐儿。你想，我们看黄叔叔每天忙得要命，他讲故事的本事，我们早就领教了，如今就有点儿怀疑他的话里大概水分不少。先把大话放在这儿，反正以后再找辙。他一个香港人，知道怎么玩蛐蛐儿吗？不会，我们再教你。那会儿，总觉得他牛烘烘的，我们真是有点要震震他的意思。

他微笑着，慢悠悠地说：好的，别忙，我来洗洗手。他接着慢条斯理地洗手，然后点上一锅烟丝，把他们家的小炕桌四平八稳地放在院子中间。再转身回去，像魔术师一样，接二连三捧出了几个大号澄浆底的专业蛐蛐儿罐儿。

一看他的罐儿，我们全体立马犯晕，他还真是玩真的。这等级的罐儿我们也就在东四牌楼旁边隆福寺的蛐蛐儿市上见过，我们这胡同还没人玩到这一级别的。这些老罐儿又大又沉，价钱我们从来没敢问过。

他"嗡"的一声打开蛐蛐儿罐儿的盖子，余音袅袅，和打镲一样。哎哟，难怪有人管这种罐儿叫钢罐儿呢。他这一"嗡"绝对是一种金属才能发出的声音。

我们伸头望去，还看不见蛐蛐儿，罐儿里面镜面一样黄色澄浆底上，倒有一个小巧的青花瓷过笼。他轻轻捏开过笼的顶盖儿，蛐蛐儿在家呢。那蛐蛐儿没有八厘，也得七厘五，不但个儿大，还全须全尾全大夯——所谓大夯就是它的大腿，浑身油亮油亮的。大黑头点了漆似的锃光瓦亮，那水牙就显得格外洁白。那紧拢的双翅，隐隐透出一层金光。

这时候，黄叔叔亮出了他的蛐蛐儿探子，那探子竟然是用白象牙做的杆儿，将棕灰色的耗子胡须像做毛笔那样用鳔胶粘在杆儿头儿上。这探子又精致又有弹性，黄叔叔拿在手里，先伸头看看，只见那只偌大的蛐蛐儿，一气儿就跑了半圈儿，弹了一下大腿，又突然猛地转身急急前后左右搜索着，不时还停下来抖动身体。好么，这哪儿是只蛐蛐儿，简直有股子"王者气象"。英气逼人，把我们全看傻了。

黄叔叔轻轻用探子一扫，它立马开牙，双翅一抖，"喳喳"叫了起来，还有节奏地颤动着大腿，似乎在击鼓吹号，挑战示威。

"哇！"我们几个当时都惊呆了，我们这帮土匪在大雅宝的蛐蛐儿沙场也都算是见过世面的主儿了，今天才算真正开了眼。这简直不是一个级别的比赛，我们就和中国足球队进了世界锦标赛三十二强一样，不赛不知道，一赛吓一跳。不用细说你也知道，我们的几场比赛，一共就是四个字：落花流水。

最多一两个回合，我们的蛐蛐儿就只有逃跑的份儿了，有一次还是我们的一号选手，让黄叔叔的大将军愣给甩出了罐儿。

我们本想震黄叔叔一把，没想到是他把我们彻底地反震了一把。

他笑眯眯地告诉我们，他几个大将军的名字绝不那么俗气，不是叫大红袍、大青翅之类的。他一号大将的名字叫寥寥，啊？那是我弟弟的名字啊。他解释说：这个蛐蛐儿叫声厚重，寥寥是个粗喉咙，所以起了这个名字。

二号叫得清脆，所以就叫小仔儿。哦，那是詹先生儿子的名字，因为他哭声嘹亮。三号是个大哑翅，于是就叫小弟。那是李可染伯伯的小儿子李庚啊。李庚是沙喉咙，他的外号麒麟童，也是黄叔叔给起的。好，他的蛐蛐儿全借用我们院儿小一帮孩子的名字。

我们笑得前俯后仰，沙贝赶紧问：你的蛐蛐儿到底是从哪儿逮的？

黄叔叔一本正经告诉我们说，就在中央美术学院后面的小山上。啊？我们怎么没想到那里会有这么好的蛐蛐儿呀？

第二天，我们马不停蹄地跑到中央美术学院后面的小山上，狼烟四起把小山翻个底儿朝天，别说八厘的蛐蛐儿，连只蛐蛐儿秧子也没见着。

黄叔叔就是这么一绝。

嘿！我们怎么该信他的时候没信，不该信他的时候倒信了他。

多年以后，沙贝才告诉我，比我们早一天他就去那小山探过宝啦。

我们哪儿知道，前一天晚上沙贝、沙雷就来过了。原来，他们哥儿俩比我们还上心，除了带着逮蛐蛐儿的三宝之外，还带着手电。到了小山上，遍地碎砖烂瓦，野草丛生，什么喇喇秧啦，野葡萄啦，斗鸡草啦，都从砖缝里挣扎出来。沙贝拿电棒一扫，头皮发紧，头发根儿恨不得就奓起来了。他预感到这是块出蛐蛐儿的风水宝地，于是，凭着多年练就的寻找直觉，立刻开始搬砖翻瓦，同时用小手分开野草。突然，一个小黑影闪了过来，沙贝忙叫："沙雷，电棒！"沙雷赶过来用电棒一照，哎哟！一只至少七厘半的大家伙，就亮相在追光之下。沙贝连忙抄家伙，说时迟那时快，那家伙不慌不忙并腿一窜就没入了黑暗。沙雷连忙用电棒追赶，可惜追光再快也追不上了。沙贝脑瓜子"嗡"的一下，拍腿顿足喊着："完了！完了！沙雷，你怎么这么笨哪？连电棒都不会使啦？"沙雷委屈地带着哭腔说："太快了，我怎么来得及呀！"

沙贝叹了口气说，这事儿，我一辈子也忘不了，草间月色下那只大蛐蛐儿的雄姿就永远刻在我的脑子里了。颜鲁公有道：千载一遇。真是一点儿不假。不过，估计黄叔叔没这个闲工夫，他的蛐蛐儿恐怕都是从隆福寺那儿买回来的。

18、天生外交家

一

虽然我们白跑了一趟中央美院小山，可是得了个明白。从那时候起，我们明白了黄永玉叔叔是个爱玩儿、会玩儿的天生孩子王，要玩儿就得玩个地道。从此以后，他就是我们大雅宝理所当然的孩子王了。

把玩儿的事当正经事来办，一定会有出乎意外的收获。正经的事，要和玩儿一样，一定不会伤了身子骨。我揣摩这就是他的处世绝招。

他每拿出一样东西，一定会跟着一整套故事。

譬如他拿出磨刀的油石，用手轻轻抚，似乎那是个敏感的活物。我们从来没见过那么细腻、平整，似乎自己会出油的石头。他磨刀我们可以看，但绝对不能插手。他一边解说，一边以绝对专业的架势噌噌几下，稳、准、狠，那木刻刀就吹毛立断了。

那几天他正在给《雪峰寓言》一书刻插图，听说还要刻《译文》杂志里契诃夫、高尔基、罗曼·罗兰等文豪们的肖像，张张都要求刻出精确的细线，所以要更锋利的刀口，在很硬的木头上剔出花样。

要是平时他给《萌芽》、《新观察》等杂志刻个封面什么的，用麻胶版和圆口刀来刻就足够了，那好比是中国画的大写意，脑子当然要用，先琢磨透了，手上出活就快，比刻那些肖像的速度要快多了。

他刻木刻的时候有时候我们可以看，但那个时候绝对不要说话。除非他完成了构思以后，主动问你什么，你再说两句。他刻起木刻来，立刻进入一种状态，和所有手艺人一样，和跳大神一样，如入无人之境。这时候他的一只手像铁夹一样，青筋怒张，把那木板挤在工作台挡头前，纹丝不动，另一只手紧捏住刀颈，细细的木花随着他手的节奏刷刷地飞出，简直比杂技还惊心动魄。

好在我们这些孩子，别的时候一个劲儿经常犯混，可是一看到大人开始创作，就立马安静收声。大雅宝的孩子从小都受过这样的训练。可是其他大人画画根本不愿意让你在旁边儿看，还就黄叔叔比较宽大，只要我们按规矩静静地看，他一般不会轰我们走。

可能是因为他最重要的创作活动是在夜间，那时我们都睡觉去了，院子里只有蛐蛐儿、蝈蝈儿的叫声，伴他长夜。也可能他那时刚刚二十八岁，玩儿心正盛不忍心轰我们，其实他比我们才大二十岁左右。或许他的艺术是走南闯北的野路子，对作画的环境要求就不那么苛刻了。再说，如果不算他们日本式的拉门榻榻米卧房，他们家就那么一间房，他的工作台紧紧顶着他家唯一的大窗户的窗台，这是他最好的采光地点，同时也是我们最佳观赏的地点。很多时候，我们都悄没声地站在窗户外边看了俩仨钟头了，他居然一点儿没在意，可见他在自己画儿里的时候，似乎对周围全然视而不见，你尽管在一边细细琢磨。要不是小生子来拉我弹球儿，有了响动，黄叔叔才抬起头来，看见我们。他一愣，然后哗哗笑了起来：你们快成福尔摩斯了。然后一边刻一边和我们开聊……

　　他发现我注意到了《雪峰寓言》插图里的茶壶，就是他们家那个用藤根做提梁的茶壶，很高兴，问我怎么看出来的。我说：全大雅宝只有你们家的茶壶是这样的。真是，每家的茶壶都不一样，比如我们家是从哈尔滨带过来的日本搪瓷茶壶，李燕家是北京典型的高身青花瓷壶，沙贝他们家还有紫泥的茶壶。据说他们家还有许多价值连城的古董茶壶，因为他爷爷就是玩儿了一辈子瓷器的大玩家。

　　沙贝后来到日本留学的时候，告诉我也学他爷爷开始玩瓷器了，数量绝对比他爷爷玩得还多，但瓷器的质量是无法相比的。其实，他是开玩笑，那时他玩瓷器的主要方式就是天天在饭馆刷瓷盘子。

　　毛毛家的瓷器也不得了，几个大花瓶都是国宝一级的。因为祝大年先生家底丰厚，大概是玩瓷器的世家。他们家的毛毛和我弟弟一样大，所以我没来得及好好研究过他们家的茶壶。黄叔叔对他们家的瓷器印象深刻，很喜欢讲毛毛家的段子。他说：有一天为了解闷，毛毛学电影里的镜头，练习用连环橡皮筋来套他们家里的瓷器。趁他爸爸睡午觉的时候，他的技术见长，一甩橡皮筋就套到一个大瓷瓶上，他兴奋地一拽，大瓷瓶轰然倒下，化整为零了。被打碎的那个瓷瓶是祝大年先生家传的稀世宝物——那是一个两尺余高的明洪武釉里红。好在祝先生什么没见过，居然对毛毛没打没骂，也就算了。

拿黄叔叔的话说：他精于欣赏，勇于割舍。要是别人不定会多么伤心和愤怒呢，毛毛就该皮开肉绽了，可是，他居然没事。你瞧，一家一个规矩。今天的毛毛大号祝重寿，在清华大学美术学院任教，教的就是中国美术史。当他备课看到明清瓷器图片的时候，是否耳边会回响起当年那无比清脆的一声？

其实，这也是个传说，是个童话。据说这次事件的主角不是毛毛，而是毛毛的弟弟——小弟。反正大雅宝的故事，就当传说听。别较真。

让我最奇怪的茶壶还是黄叔叔家的那把：一个接近正圆的扁圆形，切去一点儿算是有了底，红釉从上面浇下来，流淌了一半多就凝在那里。一弯藤根，造型奇绝，色彩姿态都是一流。难怪他借此来做创作的由头，他的题材哪儿抓哪儿有。

我还笑着告诉他，我们早就看出来了，背后已经哈哈大笑无数次了：他刻的《萌芽》杂志创刊号封面那个种花的小男孩根本就是黑蛮，连画中小男孩手里的小喷壶，分明是黑蛮每天在院儿里玩的玩具。据说，后来这张版画又成了小学《自然》或《劳

祝大年先生（八十年代初期）

毛毛（祝重寿）和父亲祝大年
（八十年代初期）

祝大年家在大雅宝的全家福：前排左边是小弟，中间是毛毛抱着小妹妹，右边是大妹妹（一九五四年左右）。

《萌芽》创刊号（萌芽杂志社提供），封面用的是黄叔叔的
木刻画。

动》课本的封面。

黄叔叔大笑着赞扬我们目光如炬。

二

自从黄叔叔给我起了面丘林或者饭丘林的外号之后，我们家房上的葫芦就一发而不可收拾了。那葫芦长得还特别大，简直和冬瓜差不多。我心里想：这么大的葫芦，怎么揣到怀里让蝈蝈过冬啊？我赶紧去问沙贝，他忙跑来看：啊？这么大个儿，是不是让你用南瓜给它人工授粉，就串了秧了？以后是不是得长成个巨型怪物了？

他们家的王大娘笑着说：你那个葫芦既不是收腰儿可以用来打酒的葫芦，也不是可以做养蝈蝈过冬的扁葫芦，这是可以做饺子馅儿的西葫芦，赶紧趁嫩摘下来，让你娘娘剁馅儿，或者摊成糊塌子，这会儿正好，鲜得你掉眉毛。

闹了半天，我还是找错了种儿。于是歪打正着让我们全家吃个鲜吧。我娘娘是江苏武进人，可是在王大娘略略指点之后，她立马就出神入化了。糊塌子，吃得我们全家齐齐喝彩。

我娘娘最喜欢和邻居分享。我们家的厨房挨着中院儿黄妈妈的厨房，当时，黄叔叔的妈妈也住在北京了，我们叫她黄奶奶，娘娘就把刚出锅的糊塌子，端了一大盘儿，颠颠儿地送给黄奶奶。

那会儿说来你真难相信，我们院儿的这些老太太，真是五湖四海。娘娘的武进方言愣扳成一种奇怪的普通话，她说累了或者找不到词儿了，干脆就直接说武进话。黄奶奶说的是湖南的湘西方言，也试图说点普通话。俩老太太一聊天，我整个就一句也听不懂了。我经常性地怀疑她们互相懂不懂对方的意思，可是她们一聊就一下午，说得高兴着呢。

李燕的姥姥一口济南话。后来搬到李燕和沙贝两家中间那个单间的，是丁井文先生的丈母娘，我们叫她张奶奶，倒也是一口山东话，她也是济南人。张奶奶一家非同小可，她的儿子叫张亮，当时就是个电影明星，刚演完脍炙人口的《上甘岭》，就是里面那个奋不顾身用自己的胸膛堵住敌人碉堡里机关枪枪眼的志愿军战士，可以说那是苏联英雄马特洛索夫的翻版，也就是中国人民志愿军英雄黄继光的再现。后来，他还演了《革命家庭》等电影，这是我们院儿的第一个明星。

张奶奶还有两个女儿，大概是叫张大英和张大盈。两个女婿，一个就是丁井文先生，另一个是漫画家萧里。

沙贝告诉我，丁井文先生当年是毛泽东的警卫员，现在虽然在中央美术学院工作，可是根子很硬，照样直通中央。后来我听说其实他没真正当过毛泽东的警卫员，可是中央有什么小事儿找美术界，还真是要通过他来办理。

沙贝这样想是有道理的。因为他爸爸画完了《开国大典》那张画，毛泽东给乐坏了，连连大声说：是大国，是中国。我们的画，拿到国际上去，别人是比不过我们的，因为我们有独特的民族形式。

这才是中国的油画，又有民族特色，又有大国的气度。为

董希文先生所绘的《开国大典》

此，中央美院当时的书记江丰和丁井文先生陪董希文先生去中南海见了毛泽东、周恩来、董必武等中央首长，据说还陪毛泽东一起吃了饭。你想，作陪的居然不是徐悲鸿老先生，也没有我爸爸，而是丁井文，这就说明他的来历不凡。当时我们这些孩子，都坚决认为他过去一定是毛泽东的警卫员。

萧里和李滨声是当时最火的青年漫画家。

萧里到我们院儿来玩儿的时候，我还特别去看过他。他和张亮在我们院很受孩子们的欢迎，他们都很随和，一点不像名人。我喜欢漫画，也喜欢青年漫画家。张奶奶对我们这些小孩照样热情。

小宝的二姑和奶奶都说徐州话。这些老太太到了夏天晚饭后，你就听她们山南海北，每个人为了方便，各说各的方言，居然互相还都明白着呢。

有一回我们院儿的全体老太太和全体小孩儿，一起去米市大街基督教女青年会看苏联电影。似乎是一个什么招待会，都是发给我们的票。结果那个电影是俄文原版的，中文字幕。我们这些孩子连猜带蒙也能看懂个七八成，散场的时候，我才想起来，这群老太太今天可白跑了一趟。她们多数是文盲，就算有一两人读过书，这把年纪的眼神也绝对看不清楚飞快闪过的字幕了。

可是在回家的路上，这些老太太兴高采烈地谈论这个电影。我一听，每个人看的都是自己演绎出来的新故事，她们也不争论，就是互相补充。那个电影被她们加工得复杂百倍，我在一边笑得直不起腰来。

我笑着问我娘娘：那俄文你们能听得懂？你们的故事比电影里的好得多啦。

娘娘一本正经地说：仔细听都差不多，再看看表情就没错了。

她们个顶个都是语言天才。

黄奶奶吃了我家的糊塌子，黄妈妈那天也送来他们家做的广东小吃。我那会儿正在给西葫芦浇水呢，心里想，是不是她还想多吃几个。她们两在那里互相客气了半天，又小声秘密地谈了什么，一边谈还一边笑。忽然，我娘娘声音大了，说：好，我和你赌个东道——一只老母鸡。

她的意思就是要和黄妈妈打赌，黄妈妈红着脸说：好的，好的。

黄妈妈走了以后，娘娘告诉我，黄妈妈怀孕了。她已经有了一个儿子，就想要一个女儿。她掐指一算，肯定是个女儿。

我不大相信地说：你要是算错了呢？

我算错了，她生了儿子要做月子，我送她只老母鸡也是应该的。她要是生了女儿心满意足，送给我老母鸡她也心甘情愿。我很少打赌，这种一定是双赢的赌，我才下注。

我心想，娘娘真是外交家的材料，她要是有文化一定不得了。当年闹日本那会儿，她就是新四军的联络员，和陈毅本人见过面，还有些来往。可是如今她吃亏就在于没有文化，要不正好在外交部有个熟人嘛。

那时候，陈毅是外交部部长。我和我娘娘开玩笑：你怎么不去找陈毅帮忙，干脆参加工作吧？她笑笑说：当年我在武进、丹阳一带熟人多，给新四军当个联络员，还不是为了打日本，我哪儿想到他们打下了天下？那时候，我就希望平平安安看到日本投降。有机会看到你妈妈平平安安回家，我就心满意足了，哪里想到还能来北京。你的表哥也能来北京工作，这都是我做梦也没想到的。我没那么傻，去找那些大头头没什么意思。

那时候，我的表哥郭伯诚也来北京了，暂时在北京男五中工作，后来调到九中去了。调来调去，最后去了西藏支援边疆。本来说是三年，没想到一去就是二十多年。我娘娘比我们谁都想得开，她相信自己的儿子什么困难都过得去。她一直乐呵呵的，连黄叔叔都说：她永远笑眯眯，对一切充满好意。

几个月以后，黄妈妈真的拎来一只老母鸡。我娘娘再三推让，还是收下了。黄妈妈说：你不知道我多开心，你算得真准，我真是如愿以偿了。

这个新生的女儿后来起了名字叫黄黑妮，就是后来大名鼎鼎的儿童画家。

我举这个例子，就是告诉你，这个院儿里的老太太个个不是等闲之辈。她们是我们院儿里的民间外交家。

19、老蘑菇及其他

一

　　小蘑菇失踪之后，我真的难过了些日子。当然，首先由于他是我的财源。你知道我们家孩子太多，每个人的零花钱就很少，和沙贝、小宝根本没法比。好在我在小蘑菇这里买东西，用的是我爸搜集民间玩具的预算。一举两得，两厢情愿。

　　当时还有个老蘑菇，他不推车而是挑个担子。担子上有个小锣，他晃着担子来了，那叮叮咚咚的锣声就是他的吆喝。

　　他就算是我们这儿的圣诞老人了，主要是供应小吃，也卖洋画。冬天无非是冻海棠、冰柿子，其实新鲜海棠并不好吃，冻了之后变成半透明的暗红色，和宝石一样好看，吃起来又酸又甜，真是鲜美无比。现在大约是失传了，我几十年来再没吃过那么好吃的海棠。还有冰柿子，有人叫它喝了蜜柿子，上了冻，柿子变得透明，轻轻咬开一个小口儿，慢慢嘬，细细嚼，吃得自己也快通体透明了。有的柿子里面的核儿还没长成，人们叫它柿子舌头。在蜜浆中有这么一小块儿脆的、有嚼头的，吃起来格外过瘾。

他还卖糊涂糕，就是把山里红煮得没魂了，讲究的人还把核都捡了出去。老蘑菇可没那么多闲工夫，那就一锅烩了。估计里面还放了些红糖，所以颜色深红。你要买，便宜，一分钱给你一小江米碗。那时候北京小贩的冷食已经开始用江米碗卖，这么早就和世界接轨了。他一边给你往小碗儿里盛，一边念念有词：糊涂糕，糊涂糕，越吃越糊涂。听那口音，估计他也是山东来的。

如果把糊涂糕再用小笊过一遍，剔出来那些硌牙的山楂核儿，再加上点儿白糖，染点儿红色的食色，那就是山楂糕了。要想吃真正地道的，那还得去东安市场买，和冰糖葫芦在一个摊位上。好像琉璃厂那边的信远斋也有，当然那里最好的东西还是酸梅汤。

老蘑菇瞄准了我们这个平民低价儿童市场，他没想和东安市场、信远斋较劲。

他同时还卖冰板儿，如果说糊涂糕是简易冰激凌的话，冰板儿就是简易冰棍儿。估计他把熬好的糊涂糕一勺一个放在预备好的片页纸上，然后用片页纸挨个一包，拿手一拍就齐活了。晚上晾在窗台上冻一宿，明儿早上就能打死狗。

真碰上有钱的主儿，他还是真有冰激凌。他有个用棉花套包着的小铁桶，那就要五分钱才给你一小江米碗儿了。里面据说有牛奶鸡蛋，还有白糖，当然贵了。我们宁可吃糊涂糕，或者两分钱买一个冰板儿吃。

不过他和北京的其他小贩一样，管这个叫"冰缴凌"。谁也不知道谁是第一个这么叫的，可能他本人就是个别字大王；要不就是他们土法上马的冰激凌需要用力搅和才能做出来，所以命名为"冰缴凌"。

后来我干爹带我去王府井的和平餐厅吃西餐，让我要甜点的时候，我说要"冰缴凌"，把我干爹笑得直流眼泪。他喘着气告诉我，以后别露怯，在小摊上才有"冰缴凌"，到了这儿就必须叫它的正名——冰激凌了。我顿时长了学问。

其实这些东西我们胡同的几个小摊儿上都有，倒不是远来的和尚经好听，而是老蘑菇的东西真的很新鲜。就说酸枣面儿吧，瘸子大学生摊儿上的酸枣面儿整天风吹雨淋的，和真黄土面儿的颜色差不离了。

我刚到北京时出了两次洋相，第一次是看见小生子拿着一块黄土，一边舔一边吃得津津有味，吓我一大跳：啊？你敢吃这个？那小生子瞪了我一眼：没见过？这是酸枣面儿。

另一次更丢人，我看一个孩子跟着妈妈走，怀里抱着一包棉花。那孩子拽出一块棉花就往嘴里塞，我赶紧和他妈妈说：大娘，你孩子吃棉花呢！

那大娘哈哈大笑，你这孩子外地来的吧？他吃的是棉花糖。周围的人都哄堂大笑，给我弄了个大红脸，当时真是恨不得找个地缝钻下去。

老蘑菇、小蘑菇给我多少童年的回忆，真不知道他们后来的下落，也不知道他们的后人现在在哪里。

二

当时沙贝的爸爸因为画了《开国大典》，成了名画家。可是在我们院儿里，他非常低调，和蔼可亲，平易近人。我的记忆中，他每天都是穿着很整齐的藏青色哗叽中山服。每次我到他家玩儿，他还和我打个招呼，有时候还问我两句话。

董希文先生双手大大的，手指很长有两个指头被香烟熏黄了一块。也许，他抽的香烟在当时属于"高档"，四季里他周身发着好闻的烟味儿。他不像我爸骑车上班，据说，他不会骑自行车，可能这身捯饬也不适合骑自行车，所以多数时候都是走路上下班。

有时候，他很晚才走到家，还抱着一本巨大的苏联画册，这在当时绝对是"审美奢侈品"。每逢这种时候，沙贝他们哥儿俩就乐坏了。也不管明天还得起早上学，他们都要先坐在沙发上，看完这本画册才上床睡觉。看着精美的油画，闻着画册的油墨香味，这是沙贝当时的一大乐趣。顺便说一句，他们家那张快散架的双人沙发，还是前面的户主叶浅予先生留下来的旧物。

总的来说，董先生话不多。他对孩子比我们家长尽心得多，孩子们爱看小人书，他就舍得买。但是他很有选择，比如《三国演义》、《水浒传》、《东汉演义》、《楚汉相争》等成套的小人书，在当时已经很昂贵了，他都坚决地买，让孩子多看历史连环画绝对没有坏处。有意思的是，董先生买回来这些珍贵小人书，都是先放到孩子们够不到的地方，他得自己一本一本都看完了，才让孩子们看。看来，其实大人也喜欢看小人书。

为了保存好这些书，他叫沙贝拿到煤铺门口的老王头儿那里。老王头儿除了摆摊儿卖零食，同时还出租小人书。他自己把小人书都糊上硬皮儿，还做了外面的布套儿，也就是说他把小人书都变成了函装书，一来上了档次，二来保护了书。

董希文先生不知什么时候，就动了这个脑筋。我猜是他们家沙贝租了老王头儿的小人书，因而受了启发。老王头儿的那些小人书，新华书店绝对没有卖的。像《大五义》、《小五义》、《施公案》、《彭公案》，还有什么《血滴子演义》、《三侠剑》等等，估计都是一九四九年以前留下来的。所以他的小人书，都必须有很结实的外套。

董先生注意到他的手工很地道，就让沙贝陆续把家里的小人书都送去，也改成函装的。我经常陪沙贝去取书，也顺便在老王头儿那里租几本儿。老王头儿对我们也格外优待，别人是一分一本儿，过夜两分；我们都是一律一本儿一分，过夜不加钱。

有一天，沙贝叫我和他去瘸子大学生家取书，那次好像是取《三国演义》。我很奇怪，过去都是老王头儿的活儿，怎么这次改为瘸子大学生做呢？

我们说的这瘸子大学生是外号，据说当年他真的是个大学生，可是如今沦落成残疾人，在这里摆摊儿。他不是一般的瘸子，看来得过很重的病，两条腿都只有半截，手似乎膨胀开来，指甲都快长不住了。我刚搬来的时候，一看见他就很害怕，不敢到他的摊儿上买东西。后来沙贝告诉我，瘸子大学生有学问，喜欢和小孩儿聊天，东西还特别便宜。

所以我们以后就经常光顾他的小摊儿，坐在那儿看小人书。我看完了，他还喜欢问我：鲁智深为什么要拳打镇关西？胜英从哪儿得来的鱼鳞紫金刀？等等。如果我一一对答如流，他就很高兴。要是我说错了他还要耐心告诉我，其实这是怎么怎么回事儿。

我就是不敢看他的手，他似乎也知道这个，和我聊天的时候就尽量垂下双手，好像要把它们藏起来，但是它们实在太大了，真没地方可藏。

沙贝不知道为什么他爸爸要把这个活儿派给瘸子大学生去做，按说老王头儿手艺一流，也不知道什么时候董希文已经把书和钱都给了这大学生，这会儿只需要我和沙贝来取货。

等进了他们家，我惊呆了。

在昏黄的灯光下，瘸子看我们来了，高兴得笑了。我第一次见到他这么开心地笑，他的牙很白，也很整齐。

可以说在这儿我第一次明白了，什么叫家徒四壁。他的妻子面黄肌瘦，穿着洗得发白的蓝色对襟儿的小褂儿，怀里抱着比我们小不了多少的女儿，可是她这个小姑娘，居然一丝不挂！

那孩子和她妈妈一样坦然，两眼平静地看着我，没有一点害羞的表情，甚至可以说没有任何表情。我和沙贝如芒在背，赶紧拿了书向瘸子大学生道谢，转身就跑了。我想大概他们家从来没有客人来，所以她们没来得及准备任何衣服，也没来得及准备任何表情。

　　我明白了，董先生就是要让瘸子大学生有点儿收入。解放了，居然就在我们大雅宝旁边还有这样穷的人，真是无法理解。

　　这会儿我的脑仁子真的不够使了。

20、京戏

我记得到大雅宝来看我爸的老延安，最常来的是中国京剧院的领导阿甲先生的太太方华。她好串门，嗓门又大，妈妈说她为人豪爽，就是有点老三老四，还隔着十万八千里就大声叫我：干儿子！

我那时候有点烦她这个，从来没好好答应过她。但是我也不愿意让她伤心，因为她自己没有孩子，从小叫我干儿子，一直对我很不错的，就是她嗓门实在太大了。

一来当年史沫特莱在延安就给她拍了《女红军》的头像，她似乎是个天生的革命女战士的样子。美国人写红军的书里一定有她飒爽英姿的头像，飒爽了这么多年。二来，她每回到我们家来总是提着一个大西瓜，或者带点儿其他水果给我们吃。这也是我欢迎她的地方。来了以后，她总是和我妈轰轰烈烈天南海北地一通猛侃。

据说她在延安唱京戏，女角里数她唱得最好，她的先生阿甲虽然是南方人，可是唱得比她还好。据说江青唱《打渔杀家》里的桂英的时候，阿甲就演她爹萧恩。江青当时是从上海到延安不久的电影明星，比方华阿姨漂亮多了，所以，让她来唱。要不唱这出戏，毛泽东都不一定能看上她。当然，这都是小孩儿们事后的瞎猜。

我爸我妈都是戏迷，没事儿在家也唱几句。妈妈最常唱的是：

> 要不提来马力来么，倒也罢了。
> 要提起来马力来么，令人可恨。
> 想当年在扬子江边，我救了他的性命；
> 他言道要早啊烧香，晚啊点灯，
> 一天三次三天九次，
> 谢我救命之恩！

我听唱得还跟真事儿似的，就拼命忍住了笑。

妈妈真的很喜欢京戏，我们住在北池子北口草垛胡同十二号的时候，我也跟着喜欢。这是我们在北京的第一个家。那时候我们和阿甲伯伯、方华阿姨碰巧是同一个大院儿的邻居。真是无巧不成书，他们在延安就是好朋友，现在居然在北京住得这么近。

当时阿甲伯伯他们好像在琢磨京戏，要办一个中国京剧学校或者京剧院什么的。

那时候，我爸爸自己已经有一些什么单位送来的戏票，阿甲伯伯又给我们一些，所以，我就有机会经常和他们一起去吉祥戏院看京剧。那都是晚上，偶尔也要到前门外的民主剧场去看。白天我自己可以去阿甲伯伯那个楼里面的排练室，看演员们的彩排。

我那会儿最喜欢的是裘盛戎先生唱的《锁五龙》，他扮蓝脸单雄信，一出场把闪光的手铐上的链子一下甩得老远。他高亢的唱腔直穿云霄，你听得一股热气猛冲天灵盖。好家伙，那叫解恨。

有一次，我妈妈居然一本正经地和方华阿姨商量，想叫我去学唱戏。方华阿姨说没有问题，还请当时京剧院的顾问名票顾森伯先生来看看我。他叫我唱一段，我那会儿爱听可是不会唱。他老先生说，没关系的，你唱一支歌也可以。我就唱了一段《马赛曲》。他说，没有问题，你完全可以学戏，不过学戏很苦的啊。我当然说不怕。

方华告诉我妈妈，我可以学铜锤。我妈妈听了就不乐意，原来她希望我学的是小生。那时候我妈妈和我都喜欢看叶盛兰先生的《罗成叫关》，我爸爸最喜欢的是程砚秋先生的《锁麟囊》。

总之，后来似乎我妈也不热心了，而我爸是坚决反对，我去学戏的梦就化为一缕青烟了。

没想到，搬到大雅宝看到这里的这些大人也是一样，又是一群戏迷。

他们要唱两口，往往在夏日直到中秋那些不刮风的日子里，吃完晚饭后乘凉聊天之后。

那会儿，黄叔叔在中院儿多了一间工作室，就在邹佩珠阿姨工作室隔壁的一间东屋。黄叔叔在李可染伯伯家的窗户下，搭起了一个葡萄架，还真的种上了一棵葡萄藤。据说，黄叔叔在吃完野猫以后，把它们的遗骸在这里就地埋葬了。据说，这样葡萄就长得特好。

第一年中秋，这个葡萄架一夜之间挂满了各种大粒的葡萄，有紫红色的玫瑰香，也有碧绿的马奶子。细心的人，会看到这些葡萄和藤子之间都有细细的红线绑着。原来这又是黄叔叔的一个花招儿，这些葡萄都是他自己买的，为的是请全院子的小孩儿都来参加中院儿的中秋葡萄月饼晚会。

等我们吃饱喝足了，也跟着黄叔叔的手风琴唱完歌了，我们都渐渐乏了，有的孩子去睡了，其他孩子也都四散玩去了，这时候，才是大人们开始娱乐的时光。李可染伯伯不知什么时候拿出了自己的京胡，葡萄架下悠扬地飞出了紧凑的过门，这时候估计中院儿也只剩下不多的戏迷了。

其他人，像我和我娘娘都早早躺在床上，一面轻轻地开合着手中的蒲扇，一面远远地欣赏着他们的清唱。

邹佩珠阿姨喜欢反串须生，她拿手的是《搜孤救孤》。常瀋先生唱的是《碰碑》。黄叔叔回忆，他还听过李苦禅伯伯的《夜奔》。这我没有印象了，可能我那时已经在这些美妙的音韵中渐渐睡去了。我在朦胧中还看见他老人家，正在虎虎生风地耍弄关公的青龙偃月刀，忽而又化为金钱豹的钢叉……

21、晚会

一

这会儿的人很少开晚会了，那种群体娱乐的方式似乎被这个时代淘汰了。如今都已经变成了卡拉OK，变成了三两知己的小型活动，或者在中央电视台搞个全民大联欢的春节晚会。

五十年代，解放军进城以后，带来了一个解放区流行的晚会模式。几乎每个单位、每个集体，每个节假日、每次运动都有晚会，都有演出。随着时代的发展，晚会逐渐从生活中淡出了。如今人们没那个心气儿了，没那个心境了。

富有中国特色的晚会和其他国家的晚会完全不同，我们刚到海外的时候，经常说，外国人真不会玩儿，他们那晚会算什么啊？没想到现在中国也是一样，你再开那种古老的晚会，很少人会来，就是勉强组织，也没有那种热烈的气氛了。要不怎么说穷欢乐呢？那时候穷，还不准发财，大家就趁机搞些欢乐晚会解闷儿，他们的才能就用在怎么让大伙高兴，让自己高兴。现在，要么忙着去发财，要么忙着去升官，要么忙着准备这一切。没人有工夫了，也失去了那种朴素的快乐心怀。

我们大雅宝那时候，大人小孩儿都是晚会迷。

每逢节假日，我们都四处乱窜，参加各种各样的晚会。我最喜欢的是中国青年艺术剧院的晚会，那里面的表演者都是职业演员，他们的节目精彩绝伦。有时候以假乱真，把我都搞糊涂了。像吴雪伯伯、雷平阿姨等等都是从延安青年艺术剧院来的，是我爸我妈的老朋友。姐姐那会儿在那里的儿童工作队当演员，晚会上她就装个白雪公主什么的。因为她奔儿头、窝窝眼，化装成外国人很容易。我爸当年也在延安那个剧院演出过，演的是苏联名剧《第四十一个》里那个"蓝蓝眼睛"的白俄军官。所以，中国青年艺术剧院是我们晚会的根据地。

中国文联的晚会，别具一格。我喜欢去是因为可以见到老舍、赵树理等我最喜欢的幽默作家，还可以看到他们本人表演的节目。虽然在那儿可以见到许多当时最有名的作家，但是，他们的作品都没这两位的好玩，可不是嘛，小孩就喜欢有趣的东西。

不过，我记得最后的那一次，好容易盼到老舍先生出场，他高高兴兴地朗诵了自己的诗作，好像是在歌颂北京的春天什么的。我本以为他要说段单口相声或者唱段儿鼓词，那才叫精彩。听他念这种不像他写的诗，这一直是郭沫若老先生的活儿啊，所以有点儿失望。他是真心希望和大家一起高兴，不知怎么回事儿，总觉得不知什么地方有点儿拧着。很久以后才知道，那时候，他也是为了不"落后"啊。

赵树理倒是自己打鼓，还唱了段山西梆子，真是土得掉渣，但是非常有味儿，和他写的李有才差不离。

中国美术家协会的晚会，也不错。你可以看见郁风阿姨在那里翩翩起舞，她在舞场上绝对是个高手，不愧是郁达夫的侄女。在《东北画报》当过编辑的赵域叔叔，在东北就喜欢我，这会儿他是北京艺术学院的领导，娶了当时最漂亮的油画家绍晶坤，据说是中央美术学院四大美女之一。在这个晚会上，她光芒四射，相当地打眼，吸引来四面如炬的目光。

而吸引我们孩子的还是去猜灯谜，一来可以练练手，二来可以得到很多奖品。

中央美术学院的晚会，我们是每次必到。那时候，中央美院的学生正是风华正茂、才华横溢的岁数，他们的节目虽然不如"青艺"那么专业，表演者也没有文联那么大的名气，但是他们的想象力却让你无法忘记。

我忘不了那个晚会上演出的雕塑剧《世界美术全集》。油画系的学生们自己化装成国外油画名作里的人物，灯光一打，简直就是这些油画放大的立体版本。

当然，俄国画家列宾的《蜻蜓姑娘》一画，比较简单，因为只有一个女孩子，但是他们设计得非常别致。那灯光下的少女，就和原画中一样，阳光从前面给她镀上了一层金光，而且是跳跃的阳光。她在遮阳帽下悄悄地凝视着你。突然，有人在幕后喊叫

爸爸和郁风（左一）、黄苗子（左四）、林风眠（左二）、罗孚（右一）在一起（八十年代初）。

一个俄国姑娘的名字：卡佳，吃饭了！那个画中少女一下从画框里跳了出来，清脆地回答：别嚷嚷了，我来啦！

大家哄堂大笑，因为那个已经让我们误以为是俄国少女的姑娘，突然来了一句地道的北京话，笑得我昏天黑地。

真正震撼大家的是这个节目的最后一张画《伏尔加纤夫》。他们把整个舞台变成了一张巨幅油画，舞台四周搭起了油画的豪华画框。这时音乐响起，当然是俄罗斯的伏尔加纤夫曲，乐声中大幕缓缓升起，简直令人难以置信。他们完全再现了那个感人至深的画面，全场都惊呆了。一直到乐声结束，大幕倏然落下。静了一下，然后掌声雷动。

现在想起来，美中不足的是这些油画全都是俄国巡回画派的，居然没有选西欧任何一位大师的作品。你可以想象那时候，我们心目中苏联就是天堂，她的一切都是最好的，都是我们的楷模。甚至追溯到历史上，任何东西俄国都是最棒的，所以连文学艺术也是世界的顶尖。

我们这些孩子，哪里知道这些，那时已经看得眼花缭乱了。我们当然不知道，和我们一起看节目的董希文先生、李宗津先生、艾中信先生、吴作人先生等受西欧油画熏陶多年的艺术家们，对俄国艺术突然变成了唯一的高峰，心中作何感想。

休息之后，就是中央美术学院年年的保留节目：大马戏团。

忘不了陶瓷科的学生梁任生他们表演的《骑驴射箭》。在悠扬的陕北民歌中，一位典型的身着蓝花布小袄、夹个小包袱皮的陕北妇女骑着毛驴回娘家，当然毛驴也是人扮的。

这位妇女只用一个空弓射箭，箭靶在舞台中央，神箭手只需左右开弓，比划一通。在急促的鼓点下，手起弓响，只见箭靶中心已经有支神箭中的。我们乐不可支，当然那些箭都是从靶子后面反穿出来的。射箭的人当然也要使尽浑身解数，什么鹞子翻身、金鸡独立云云。明明是假的，看着还是精彩，看来这个马戏团的高妙不在功夫，而在于设计和感觉。

我们也不会忘记蔡亮、李鸿仁两个人扮演的小丑。他们俩的高难度杂技都是道具在作怪，而且笑料不断，最后都是故意露馅给观众看，博得我们的哄堂大笑。从那时候起，美院学生制作道具的手艺真是日益精湛。

还有一位被人们称为"大象"的学生，我想他大概姓向。他为了节目剃了个大秃瓢，上身穿一件白色密门紧扣练家子小褂，下身是黑色灯笼裤，脚下一双踢死狗的双梁洒鞋，手里举重若轻地忽悠着一个青花大坛子，口中念念有词：

诸位看官，练好了就是张飞蹁马，练不好了就是大瓶花坛！

说时迟，那时快，他挥手一抡，巨型的青花坛子就"嗖"的一声一飞冲天，几乎碰到了美术学院礼堂的天花板。全场"啊"的一声整齐的惊呼，只见那坛子急急地落下，"大象"轻描淡写地伸手一抄，你瞪眼一看，那坛子已经稳稳地接在手中了。后来才知道，那个坛子原来是他自己用纸浆做的，自己画的青花，最后刷上了清漆，在灯光下就是一个真正的青花瓷坛。

教艺用解剖学的文金扬教授表演的是锯琴独奏，玩儿这个还真不容易，我们猜他上大学的时候也是个玩家。不知他什么时候、在哪儿练就出这么个绝活儿，就用宽齿的大号手锯当琴，用小提琴的弓子来拉。谁都没想到，他能用这木工工具奏出优美的古典音乐。他的儿子文国璋和李燕差不多大，晚会上经常碰见，他挺绅士，没我们那么淘。

二

我们院儿的教授们似乎都比较腼腆，在院子里还偶尔露两手，美院历年晚会上没怎么见过他们的身影。

只有李苦禅先生功夫一直没撂下，老有机会演出。我们这些小孩看的机会就多了，他老人家演金钱豹那会儿，还威风凛凛着呢。到后来，有一次春节除夕晚会压轴的节目是李苦禅先生的京剧《黄鹤楼》，他老人家扮演赵子龙。我记得他过去是唱铜锤的，这会儿怎么来个大靠武生？不过我是个京剧外行，也就是看个热闹吧。

后来的细说，都是黄叔叔的段子。

据说那天齐白石老先生也到场观看，我们院儿两个姓李的教授都是他的入门弟子。他喜欢苦禅伯伯的豪气冲天，也喜欢可染伯伯的含蓄内敛，今儿就是来看苦禅伯伯的演出。

好家伙，那天李苦禅先生扎上了全套大靠，白盔白甲，英气逼人。等急急风响起，赵子龙碎步紧捯，一圈圈儿地过场，噔不楞噔仓！亮相！他老人家是高底粉靴外加全套重靠，这会儿已经让他七荤八素，上气不接下气了。定相之后，该朗声报名了，他就用京剧道白喊道：

啊！啊！常，常，常，常……

就没有下文了！

齐老先生第一个哈哈大笑，然后学生、老师以及我们这些孩子们全体前仰后合，有的孩子捂住肚子打滚。苦禅伯伯的戏至少起到了师生同乐的目的，我们皆大欢喜。

那时候许多晚会结束的时候，我们都是大人孩子一路走回大雅宝。夜深人静，我们前呼后拥，从校尉营穿过煤渣胡同，在月光下，话语轻轻笑声高。在无量大人胡同的路上，李可染伯伯还比划着刚才他的师兄苦禅伯伯拉开架子那句脍炙人口的台词：

啊！啊！常，常，常，常……

走到什坊院胡同口儿的时候，苦禅伯伯正说着：幸亏没演出《武松打虎》，真要演那个戏，就变成老虎吃武松了。哈哈。

等我们这些人回到大雅宝的时候，已经晚上十一点多钟了。这会儿也不睡了，反正再熬一会儿，就算是守岁了。

前院儿的沙贝拿出了"老头呲花"，小宝说咱们都集中到中院儿去放。于是各家的孩子捧出各种节日花炮，都到中院儿去了。当十二点的钟声响起的时候，最大的"老头呲花"就喷出来灿烂的万点金星。

我们几个孩子在那焰火边窜来窜去，欢笑不断。我们把买来的各种花炮放完之后，就该拿出珍藏的我们自己做的"老头呲花"来放了。喷到最后，火花渐渐萎缩下去，火口渐渐发暗，最后火花没了，断续吐出几下蓝色火苗。临了临了，还喘一两口气，才蓦然从活物变成了静物。院子里，弥漫着淡淡的火药芬芳。

听说我们要放自己做的"老头呲花"，黄叔叔半信半疑地也跑来看。这是沙贝、沙雷、小宝和我做的，当然小生子和明明也是我们的志愿军。我们几个月来天天到城墙根儿下，用小刀刮下来不少硝，慢慢积少成多。我们还到豁子外的垃圾场捡回来那些废弃电线杆上的绝缘瓷瓶，敲开瓷瓶，那里面有硫黄。在沙贝、沙雷哥儿俩的领导下，我们还一起烧出了少许木炭。然后，小心地把这些原料研磨成细料，再找来墨水瓶或者墨汁瓶，把这些料灌进去，用胶泥把口封上。

这会儿拿了出来，我们紧张得要命，在瓶口的胶泥上捅了一个小洞，从炮仗上拔了一根捻儿塞到那个小洞里。

小宝点着了那根捻儿，啊！我们自制的"老头呲花"一样呲出了金光万道！虽然不如买的呲得那样高，但是我们觉着还是自己做的更好。我们在这飘动的金黄色幕墙里窜来窜去，好像孙猴子们在出入水帘洞。大伟、小弟、小崽、毛毛、寥寥这些比我们小一拨儿的孩子们，也都兴奋无比。他们发现这道金色的幕帘不会伤人，就跟着我们一起穿越火墙，欢呼雀跃。这些小孩子对我们简直就是崇拜了。黄叔叔一边嘬着他的烟斗，一边笑呵呵地说：你们这些孩子真不简单啊！什么都敢做，什么都会作，真能干！

这些往事，在以后每次开春节晚会的时候我们都会自然想起，尤其是苦禅伯伯扮演赵子龙的那句台词，想起当年的情景，每个人都会止不住地哈哈大笑起来。渐渐笑出了泪花，似乎在昨天，似乎在上辈子。

22、耍狮子

黄叔叔的幺蛾儿还特别地多。那会儿张奶奶刚刚搬走，沙贝他们家和李燕他们家之间有了一间空房，黄叔叔就借来变成我们院儿小孩的俱乐部，变成我们孩子们的会议室。

大年初二，黄叔叔在那里组织我们院儿的孩子成立了拜年的狮子队。他从湖南凤凰老家带来了一个蓝色的舞狮用的狮子头，形象非常夸张，比北京传统的狮子头更好看，更不同凡响。北京过去是京城，狮子头以黄红二色居多，而这个蓝狮子真是如魔如怪，谁看了都会心里一咯噔。

黄叔叔是总策划、总导演。

袁骥高大神俊，就由他来舞狮子头。大生子身强力壮，还会折跟头、玩蝎子爬，由他来演狮子身。沙贝猴精猴精的，他手持一个绣球来逗狮子。李燕、小宝、袁骢、沙雷等等文武场伺候，一通敲锣打鼓。黄叔叔知道我会吹笛子，就借给我他自己的一支牧笛。那时国内的竖笛质量很差，一吹就走调，黄叔叔这支据说是英国的牧笛，吹出来声音相当悠扬，音色嘹亮。我就跑在前面给这个狮子队打场子。

黄叔叔事先已经和各家都打了招呼，我们从前院儿开始一家一家地表演。其实我们从来没受过正式训练。袁骥也就那么两下子，顶多来个金鸡独立。大生子倒是真卖力气，捂在布罩子里一会儿就一身汗，也就他的身子骨，才禁得住这么折腾。他只有在每场最后谢幕时，才出来亮个相。沙贝古灵精怪，一会儿做个鬼脸儿，一会儿来回蹦跳。文武场也特别给劲，差点儿没把锣鼓都敲碎了。

我们每家演一场，演完以后，小生子、小弟、大伟、毛毛他们扯开大面口袋，那家的大人就笑着把糖果装到口袋里。那天我们的确有个大丰收，回到俱乐部分糖果的时候，我们高兴极了，似乎这些糖果是我们第一次卖力气挣来的工资。

虽然我只是个伴奏而已，但从心里往外高兴得开了花，觉得一切像童话一样。我觉得自己就是那个会吹魔法笛子的牧童，走来走去自得其乐。

黄叔叔这支英国牧笛是他珍爱的宝贝之一，他肯借给我真是让人喜出望外。在我们院儿里的一个晚会上，他要我出节目，我只好吹了一个笛子。那时我们在学校规定谁都必须参加一个课外活动小组，我参加了横笛小组。记得那天皓月当空，我吹了一首《小白船》。或许那天的夜空和那个曲子十分贴切，黄叔叔和黄妈妈就记住了那个感觉。

几年以后，一个夏天我们家和黄叔叔家都住在颐和园里避暑，我们住在石舫那边，黄叔叔他们住在龙王庙那边。傍晚，我去看他们，又带上了自己的笛子。黄叔叔说：再吹那个《小白帆》，我知道他说的是《小白船》。我就在龙王庙湖边的落日余晖刚刚收起之时，山色朦胧之中，给他们再次吹了这支歌。

他们说：很好听的，小白帆。

我想那个名字不重要，他们的感觉最重要。我那时住校，正好每天早上和同学一边起床，一边齐声朗诵莱蒙托夫这样的诗句：

> 远处白浪滔天，
> 只见雾海孤帆。
> 朋友，让我们去远航，
> 走向海角天边。

这不是学校让我们背的，而是因为那会儿我们正喜欢一本苏联小说《雾海孤帆》，扉页上就题着这首诗。那时，我的心中一直有一面小小的白帆在雾中飘荡。

我就笑着对黄叔叔说：这个曲子叫小白帆很好，很美的意境。

多年以后，黄妈妈还说，一直想写一部小说，讲大雅宝这群孩子的故事，名字就叫《小白帆》。由于历史老人把这些孩子们合乎逻辑的故事结局改得不忍卒读，所以，黄妈妈都无法下笔

左起：周小春（张大伟太太）、张梅溪、黄永玉、张大伟（二〇〇六至二〇〇八年期间）。

左起：李耕、张大伟、祝重寿、黄黑蛮（二〇〇六至二〇〇八年期间）。

了，于是我就赶鸭子上架勉为其难慢慢写下这个故事的片断。

黄叔叔手快，当年就把这群孩子欢乐的春节狮子舞刻成一幅彩色版画，刊登在当时最畅销杂志《新观察》的封面上。

几十年后，我在普林斯顿大学图书馆的高大书架间，找到了这期《新观察》。在下午宁静的阳光下，久久放不下这本已经变黄的杂志。看着熟悉的画面，当年的笑声、锣鼓声和笛声，从我心底升起。

23、故人旧事

一

我始终承认的干爹是朱丹伯伯。他一直真的把我当成他自己的孩子，人又和蔼，每次来我们家，我都非常高兴。

在我记忆中，歌唱家杜矢甲只来过一次，他的嗓门很大，不愧是唱伏尔加船夫曲的，进门就对我爸嚷：有人说你这么说我，杜矢甲是一棵倒下的大树？

我爸笑着说：这话编得够聪明的，一听就像是我说的。可是我真的从来没这么说过，也没这么想过。

于是他们就高兴了，就喝几盅。因为我听惯了他的故事，就记得他了。

杜矢甲和我爸在延安的时候都是另类青年，自以为革命和艺术是一码事，那时还有萧军、塞克和他们一样，都一齐高高兴兴、疯疯癫癫。

我知道后来的故事变得非常复杂，到我这个孩子的脑子里就简化成这样了：

当时那么多的热血青年投奔到延安，延安在整风运动后期，就开始怀疑，这里面一定有大量国民党派来的特务。这是康生从苏联学来的清党的经验和技巧，必须采取又打又拉的战术，才能瓦解这个特务系统。康生还发明了几个用于这次运动的专用名词，如"抢救失足者"，给这些奸细重新做人的一条生路，用以反击所谓"国民党红旗政策"。这个所谓的"红旗政策"可以解释为什么这么多知识分子、文学艺术家，都自愿投奔艰苦的延安，那一定是有组织、有目的派来的大批卧底潜伏。

于是，康生授意王麻子、周扬等人，再由他们精心挑选、培养若干积极分子，据说有姓于的、姓丁的等等，还有高什么的那些自认的特务，愿意装扮成合作的投诚特务，让他们现身说法：只要承认自己是怎么被派来，和什么人联系，就给你吃一碗放了红糖的面条，表明你交代出了上线和下线，为这合作态度，就立地成佛了，就立马变成好人啦。

那时候人的脑袋简单，游戏也很简单，好多人就为了那碗面条，自己赶紧编故事。别的是假的，面条和红糖都是真的，活着更加要紧。你以为那种面条不好吃？你要在那个时候在那个地方，你一定觉得那就是天上玉皇大帝的佳肴，同时，那还是救命的仙丹。

我爸的一个老朋友，倒不是为了吃面条，也违心地承认了自己是"红旗政策"的奸细。他主要是扛不住日日夜夜的审讯和折磨，后来这个过程有了一个专用名词，就是"逼供信"。人们说他们交代主要是因为神经不够结实，其实，真正的钢铁战士，只是"极少数"。

他就是一个正常的人，不得不说自己从不相信的话，就承认了自己是一个著名敌对政党派来的大特务。

人家问：那你怎么参加的？（如果故事不生动，还是不给面吃。）

他说：在重庆的时候，因为宣传抗日，结果一天半夜里，突然电灯亮了，他睁开眼睛，周围十二把手枪指着他。恐惧和惊吓就和现在一样，你根本没法不叛变了。不错，他真是个故事好手，讲得很有想象力。没承想，这个故事成了经典段子，人们要他一遍又一遍地到处去讲。榜样的力量是无穷的！这碗面，容易吃吗？

好多年以后，人们在背后还开玩笑叫他的外号"十二把手枪"。说到这里，每个人自然用食指和大拇哥比成把手枪，一起举起来，然后一起哈哈大笑。他真不错，给大家留下来这么精彩的故事和回忆。

朱老丹说到这里又笑得眼泪都出来了，他和爸爸、妈妈在一九五六年才能为此笑得这么舒心，那是因为过去荒诞而残酷的年代终于一去不复返了。

难怪后来夏衍先生不止一次用了如下的句式：

"值得庆幸的是那个年代一去不复返了。"

或许，他们都笑得太早了，其实更荒诞的故事还没有开始呢。延安时代仅仅是演习而已。

二

我早告诉过你，我爸的糊涂不在我之下。一九四三年在延安这么明白简单的游戏里，他偏不肯合作，就认死理，还是相信自己憧憬的童话，不相信自己有吃面条的资格。真的，他的心眼儿也太不活泛了，害得当时的领导只好把他给抓起来，这种人只好关起来吧。

我姐姐那会儿住在学校，那个学校简称"保小"，也是在窑洞里。哦，那时候什么都在窑洞里。我们家就是一眼窑洞，我出生的名为"中央医院"的地方，其实也是一排窑洞中的一眼。估计在古代中东地区两河一带，生活的环境也这么纯粹质朴，要不也孕育不出那么多朴素无华的信仰。

那"保小"就是延安保育院小学的简称。那时候人人都唱一首叫做《保卫黄河》的歌。

那会儿人们一唱歌就两眼放光，我妈不算，她那会儿看不见了，因为生了我，又没有营养品，我爸找来的那一串羊肝，也没起到人们想象的作用。

"黄河在咆哮，黄河在咆哮！"大家一激动就发音不准，我姐姐他们就很纳闷，黄河在保小？他们就在"保小"，可是从没有见到一条河由那里流过，也没有任何一个叫黄河的人在那里上学或者教书。他们那些孩子，一边迷茫，一边继续纵情歌唱：

　　黄河在保小，
　　黄河在保小。

　　那会儿我哥哥已经送人了，为了保卫延安么。我们家孩子多，要送走一个，否则以后怎么行军打仗呀？这个游戏不准这么多人一块拉家带口。我哥哥又白又胖，比较有人缘。送我姐姐，人家不要，一来喜欢男孩子，二来她懂事了，自己主意大了，就不容易服从游戏规则。

　　我哥走得干脆，一岁就送走了，下落不明。反正带他走的都是咱们一头儿的，听说还是革命军人。那就都是好人了，必须放心。

　　游戏规定，不能多问。你要是反悔，再要回来，那就没法玩了。只当没这么回事，很快就忘掉他。我爸我妈，还是由于没吃那碗面的关系，十多年以后还念叨这事情。吃了那面可能就没这么多麻烦了。

　　你算算，我爸关起来了，姐姐住校了，哥哥远走高飞了，所以家里就剩我一个人了，应该照顾我眼神不灵的妈妈。而且，她看不见东西的眼睛是由于我的到来而造成的。我的意思是，无论如何我都应该好好照顾我妈。当然，这是我后来懂事以后才这么想的，那时候我还是整个一个混蛋，除了哭以外什么也不会，当然还会做吃的动作什么的。

　　就这样，我妈还要去开会，还不能带小孩。这不能怪人家，

力群的太太抱着儿子郝明（左），妈妈抱着耿军，乔乔靠在旁边。那时他们在延安。

一九四一年在延安窑洞前，坐地上的是爸爸和姐姐，站立的是妈妈和萧军先生，背后是爸爸为鲁迅逝世五周年纪念大会创作的鲁迅肖像。

爸爸一九九二年回故乡芳山镇与九旬老道回忆往事。

国难当头这里还要清除匪谍，这么重要的会议一天还不开几个？我还是觉悟不高，用哭来搅场，和成心捣乱的破坏分子没什么区别。可是人家不和你计较，你也就是占了年轻的便宜，才一个月吧，要不也得送去参加那个吃完红糖面条才能变成好人的游戏。

我和你说过，那窑洞真是天然的冰箱，那会儿我们家没有铁炉子，只有一个瓦盆放些木炭，那就是取暖的火盆。在延安这就是相当奢侈了。我那会儿还没有坚强的革命意志，就冻得不行了。本人当时还真有本事，居然自己从土炕上滚到了地下。开会休息的时候，妈妈回来一摸炕上没人，顿时一身冷汗。她满地乱胡撸，最后一把抓到了我的腿。那会儿被子早散了，我是浑身冰凉，脑瓜子滚烫。

我妈二话没说，没去请假，也没找任何人商量——是啊，那会儿也没人敢和她商量，抱起我来就往外冲。

那天晚上开会，一个老熟人开始发言。他真是一腔热诚，苦口婆心地劝说我妈交代我爸怎么当特务的过程。当年在北平，这人是和我爸一起学画的老朋友，和我爸一起热衷组织抗日漫画小组。

我爸老家在东北，他没事儿就唱"我的家在东北松花江上"。流亡学生嘛，都是有家不能回的主儿。这个同学当时用的化名为老高，我爸一直以为他就是真正天真善良的羔羊。

原来他是秘密的什么党的党员，一不留神，让当局给抓走了。当局和所有的当局一样，就怕年轻人受人蛊惑，误入歧途，于是对他苦口婆心：交待出来组织，就是迷途知返。不交待呢，就是顽固不化了。

他是个明白人，要是真的把这边的组织交待出来，就一定有人迅速清理门户了，而且弄不好还要株连亲属。据说那会儿有个红队，也叫打狗队，专门对付这种人，干净麻利脆。当年在上海，顾顺章交待得太快，结果连累了一家老小，就是众所周知的榜样。

要是什么都不交待，自己一时半会儿甭想出来，皮肉还得大大地受苦。

于是他就一脸无辜、一心无愧地把我爸给交待出来了，真聪明。

第一，我爸和有打狗程序的组织没有任何关系，周围的哥们儿也没有打狗的能力。

第二，他除了画画一无是处，不交待他，天理不容。交待出来他，既保护了像高同志那样有用的人，也保护了背后的大组织。你不入地狱，孰人可入？我爸就这样合乎情理地进了北平的警察局。

我不是跟你说了嘛，我爸压根没开窍，他没有什么可交待的，根本不知道什么是党，什么是组织。另一方面，他又没有那种机灵劲儿，再找一个更年轻的傻帽儿来顶缸。当局一看，嘿，这小子还滴水不漏，铁嘴钢牙？没准是个大家伙，就把他们漫画小组的几个人一起押解到南京。一个是我爸，一个叫凌子风，后来当了导演；一个叫蓝马，后来当了演员。他们和我爸一样地傻，就集体一起老老实实去给高先生顶了回缸。

这会儿也来到延安的高先生刚吃完了红糖面条，嘴甜着呢，舔舔嘴唇对我妈说，过去张仃那么大的罪名蹲过南京的大狱，后来还蹲过苏州反省院，居然能活着出来就非常奇怪，按说如果没有什么交易，没有什么猫腻，怎么这么便宜国民党就放了他？虽说是有人保了他，更多的人即使有了更大的铺保出面以后，照样被枪毙了呢。

他出来以后，在南京才认识了你，那时你一定知道，他那会儿靠什么吃饭，谁和他经常联络，什么人是他的上线，你们又接到了什么任务，怀着什么目的从江南的花花世界，跑到延安这块黄土高原来。

别看我妈个子不高，嗓门不大，她这时候一点火气都没有，可是说出话来字字像在他脑门子上不慌不忙挨个地楔钉子：

姓高的，在国民党法庭上你就是个叛徒，是个高明的撒谎者。现在在共产党的法庭上，你还是个叛徒，还是个撒谎者！我们两样全都不是，所以我没有什么交待的，无话可说。

当时，姓高的一个字也说不出来了，脸一阵红一阵白。所有参加会的人都傻了。当时是战争时期，动不动拉出去顺手就给处理了，谁还敢这么说话？何况我爸还是已经被抓起来的特务嫌疑呢。

要不怎么说无论何时何地永远有不信皇帝新衣童话的人，这时候杜矢甲先生挺身而出。他个子很大，几步就蹿到了台前。那时我妈两眼茫茫，站在众人前面接受着大家的帮助。主席台上坐的是位名叫周扬的文艺界党领导。

杜矢甲拍着胸口说：周扬同志，张仃和陈布文要是国民党派来的奸细，你砍了我的脑袋！

周扬同志慢条斯理地回答：杜矢甲同志，我要你的脑袋有什么用啊？停了停，说：散会。

说到这儿，你就明白了，杜矢甲和我爸我妈就是这样的好朋友。

也是，周扬不愧是托尔斯泰那俄国老头《安娜·卡列尼娜》一书的译者，见过世面，拿得起放得下，判断能力超强。他那会儿估计，像我妈这种人，的确不是特务，真正的特务不会这样针尖对麦芒，话不饶人。但是这种人对运动步步升高的良好发展势头，只有负面影响。这样敲打她，一来是必要的杀鸡儆猴，都像她这么肆无忌惮还得了？二来是敲山震虎，你看杜矢甲这样的特务就坐不住了。他的判断能力，远远超过了胡萝卜大侦探，毅然决定不再和我妈妈继续纠缠，分散会议的火力。于是，断然结束了这个会议。

按说周扬先生和我爸我妈都是从上海滩来的，他对三十年代上海滩的左联文艺情况一清二楚，怎么就认定我爸是特务呢？我现在想：

首先，可能他觉得要是他的立场不特别坚定，康生他们没准就该拿他祭刀了。

再说，我爸我妈在上海都不是左翼作家联盟的中坚。要细分，他们可能是属于"论语派"，我妈是给《论语》、《宇宙风》、《人间世》写稿开始她的写作生涯的。

我爸是给《上海漫画》、《时代漫画》、《万象》画画起家的，这些杂志跟邵洵美和张光宇大有关系，怎么也不能算得上坚定革命派。按鲁迅先生的意思，这些人广义上还都是在给统治者帮闲，风月谈而已，不像周扬他们直接在我党的领导下，立场坚定，黑白分明，斗志昂扬。

所以同是从上海来的，还都是文艺界的，但是我爸我妈那时候都没有读过毛泽东先生的重要理论著作《中国社会各阶级的分析》，那开宗明义的第一句话，直截了当提出了最重要的问题：

"谁是我们的敌人，谁是我们的朋友？这个问题是革命的首要问题。"

他们根本就是糊涂到拿自己不当外人，可是伟大的党，为了党的利益，在还没认清你的真面目之前，一定要把你放到显微镜下面，弄清你历史上的一点一滴，你的家族，你的血统，甚至你的灵魂深处。

这就是当时的环境，这就是当时的气氛。

三

周扬先生是个有限度的明白人。

二十多年以后，当他被当作敌人押到台上，开始被"革命群众"侮辱与批判，他才第一次明白"愤怒而无能为力"是什么样的滋味。同时也明白了，原来冤案是很容易就做成的。在这样的空前高压下，他恢复了推己及人的能力，明白了人性在足够的压力之下是可以变形，可以异化的。

北京人过去都把公共汽车上车的踏板称为变心板儿。

没踩上去的人都在喊：往上挤呀！车里面还有地儿呢！

人们踩上这块板儿那一刹那，就开始拼命喊：行了，别挤呀，等下趟吧！

过去周扬一直在车上，还有皮座儿，他自然完全不理解，或者不愿意理解，那些人为什么这么反动。或许他心里真诚地认为，这些人和自己不是一条道上的人。当然自己是特殊材料制成的人，于是就产生了明确的俯视感。他那时完全没有推己及人的能力，绝不会换位思考，为他人的痛苦而动心。敌人的痛苦，或懦弱者的痛苦，都是可鄙的，那一切和自己完全没有关系。

后来学习毛泽东思想的标兵雷锋先生总结得好：对同志要像春风般地温暖，对敌人要像严冬一样无情。一语中的，说的真妙。遗憾的是，他没说清楚怎么去区分谁是同志，谁是朋友，谁是敌人。

周扬挨斗之后是糊涂了还是明白了？他后来的确不错，"文化大革命"结束官复原职之后，还记得落难时候的体会，这也是百里挑一的。真不容易。

可是在延安的时候，他真正明白的是，我妈这种人，也是非常难缠的人，不可能被轻易击垮，然后俯首称臣，慢慢地自愿改造。当时他果断挥挥手，说今天到这儿了，算了，明天等通知。他或许不知道，这时的果断结束会议，居然救了我一条命。掌握斗争会是门艺术，当时周扬在文艺界算是个高手。

到了"文化大革命"他才明白，高手后头还有狠手。应该说，周扬先生在老年时期，或许是在狱中就开始恢复了推己及人的能力，慢慢开始反省或忏悔自己当年的"原则至上"祸及了多少无辜者。这在中国的确是一个非常罕见的例子。

周扬刚从日本回来的时候，还是一身洁白西服、风流倜傥的青年摩登革命者。他很快成为上海左翼作家联盟的党内领导人之后，自然对又硬又倔、不大服从领导的鲁迅先生，大不以为然，自然和对鲁迅奉若神明的冯雪峰先生也结下了梁子。有人说，还因为冯先生有共产国际的背景。事情太复杂了，不是你我谈得清楚的事。

其实那会儿，周扬也只把鲁迅当成统战对象，按党的政策该拉就拉，该打还得打，不能惯着这些老小孩自以为是的毛病，长此以往，那还不得蹬鼻子上脸？

谁会想到鲁迅他老人家作古之后，被毛泽东先生钦点为民族英雄，并被立为半神。

周扬先生到了延安，自从和毛泽东主席一起吃了几次饭以后，就有被伯乐调理过的千里马的感觉了。四蹄腾空、白马过隙，他很快升华成了一个合格忠诚的共产党人。

他不像我干爹朱丹先生，他也和毛泽东主席多次一起吃饭，我干爹得到的感觉是还得吃多、吃好、吃妙，及时总结吃的感觉和艺术，免得和领袖谈话太严肃、认真，还是谈烹饪的妙处比较舒服。后来，这都成了黄永玉先生的段子，段子都是八卦，他这么一说，你那么一乐就得了。

周扬大约从那时候起，灵魂飞升，精神境界似乎也站到可以差不多能够理解毛泽东思想的高度了，自然大可以俯瞰芸芸众生了。

　　所以，当毛泽东主席肯定了康生同志的清党能力、肃特能力和判断能力，周扬这时就明白了，必须不断调整自己的思路，亦步亦趋紧跟康生同志的思路，对敌人决不手软，要原则至上，大义灭亲，还得灭友。

　　在延安的熔炉中，周扬变成了原则的化身，说一是一，说二是二，完全和雨果《九三年》中革命政权的执法者毫无二致。多少艺术家、文学家一生的命运都在倏忽间由他拍板决定了，他们的姓名或者性命眨眼间就被勾销了。

　　例如，延安鲁迅艺术学院的美术部有个名叫石泊夫的画家，三十年代和周扬一起在上海是左联的战友，比我爸和他的关系近多了。可是，一夜之间，石泊夫先生被指认为国民党奸细，他声嘶力竭为自己表白。周扬眨眨眼，好像看见一个不认识的坏蛋在表演而已，根本没有为他说任何一句开脱的话。

　　于是他和我爸一样突然被当作国民党特务给抓走了。他的太太不知在什么样的心情下，或者你我都可以想象得出她当时的心情，半夜里亲手把窑洞的门窗仔细堵严实了，然后烧起当时唯一取暖的炭火盆。一夜过去，两个孩子和她一起安然长睡。

　　第二天一大早，周扬在涂满白霜的操场召开大会，严肃而平静地正式宣布了这件事。口中冒出一丝丝白气，飘来飘去。他不会设想这可能是一个冤案，倒是注意到来参加大会的人，情绪似乎有些低落，有些不安。他感到有责任纠正这种倾向，于是说了几句可圈可点的话，后来这句话就成为以后发生这类悲剧的标准定性说词：

她这是自绝于人民，自绝于党，还把孩子都拉去和自己一起去死，可见她对党和人民仇恨有多深。

周扬虽然这样平静，我想他的心里也不会毫无感觉。也可能就是在这样惨绝人寰的悲剧频频发生的情况下，他放了我妈妈一马，没有继续穷追猛打。反正我爸已经在押了，加压太狠了还会出现类似的事情。接二连三出这样的惨案，将会影响节日般革命中的欢快。

24、运动就是生命

我妈就这样回到自己的窑洞，就这样抱起了我，二话没说，冲出窑洞，要把我送到医院去。

几十年以后我到延安，晚上还是如此的死寂与荒凉。那时我们住的窑洞跟号称中央医院的地方，还隔着几道道山梁。半夜三更，十冬腊月，荒山里到处有恶狼在悠闲地散步。我妈生我哥哥的时候，就有只恶狼来造访，所以我哥哥才起了郎郎这个名字。以后有机会我再慢慢讲这个故事。

我妈当时什么都没想，就抱着我冲入黑夜。我现在都无法想象她是如何爬过那几道山梁，而且还要过一条河。没有任何光源，那时人们走夜道只有用火把，就是有人带电筒来延安，也没地方去买电池。

她抱着我跑了大半夜，第二天清晨浑身脏土和汗水的她，把我抱到了医院。医生听了听，量了量体温说：急性肺炎。

可是医院里病床已经满了，况且看看我那个样子，不像有活的希望。医生看看我妈妈那个样子，就知道我妈绝不是个什么重要人物，也不是任何重要人物的家属。如果是，这时不会是这个样子。好在那时候革命同志有限，人情味还是很浓的。医生诚恳地说，医疗设备有限，人员也有限，你自己照顾孩子吧。

我妈妈很懂这一套，她很知足地找到屋角的一个草垫子，好心的护士给了她一条床单，妈妈就把我安放在那里。

妈妈守在我身边，给我喂水。等护士发药的时候，妈妈就要来一份，给我喂药。我这样大模大样、无声无息地在那里躺了两个星期，居然一天我"哇"的一声哭了出来。妈妈也哭了起来，护士说：嘿，这孩子竟然活过来了，你还哭什么哭？

妈妈这时候才慢慢缓了过来。这时她才发现不知道什么时候自己可以看见了，本来以为自己从此就瞎了。是发现我掉到地下，一着急眼睛就好了？还是在荒野中找路的时候，就看见了？要不就是在照顾我的这些天，因为需要眼睛，所以视觉就奇迹般地恢复了？虽然这些都不合乎医学常识，奇迹就在我们家最麻烦的时候出现了。

这就是奇迹，要不她看不见如何走了几十里的山路，怎么蹚过了那条河？完全不知道。就是她可以看见的时候，平时也做不到。半夜三更自己翻几道山梁，还要过一条河，还要同时听着狼大爷们爽朗的笑声。

后来很多年，我妈还说是我治好了她的眼睛。我心里清楚地知道是她怎么捡回来了我的这条命。好在那时候组织是很体谅人

爸爸画的妈妈（一九六五年左右）

的，周扬先生也是个关心运动健康发展的人，看我妈交待不出来什么东西，我又命在旦夕，就把我们娘儿俩扔在医院里没人管了。

我妈妈就这样把我从死神手里生拉硬拽回来，还顺便把眼睛给治好了，还顺便躲过了这场扒层人皮的运动，名字还挺好听：抢救运动。

这个故事，是一九五六年的一天晚上干爹来我家和爸爸喝酒的时候，以为我睡着了陆陆续续讲的。我当时听得浑身滚烫，鼻子发酸。

那时候和我们家走动最多的就是我干爹朱老丹，他是后来黄永玉先生写的《大胖子张老闷儿》里主角的原型。

朱丹先生和别的闹革命的不大一样。那时许多革命者都是苦大仇深的，走投无路的。造反的多数是逼上梁山，革命了好分田地、分铜钱。他不一样，是柴大官人上梁山，花钱闹革命。

还有一些是像我爸那样有家不能回的流亡学生。他可不是，据说家里是银行家，看他的样子不用化装就是活脱一个银行家的谱儿，又高又胖，满面红光。从小在家一直美食不断，后来又爱上了艺术。据说在学画期间，曾经是李可染伯伯的同学。

虽然画得没有李可染先生好，可是人缘非常不错，和李可染伯伯一直是好朋友。其实他们两个都是爱国热血青年，因为抗日结社，都曾经不得不离开了学校。李可染先生后来到了武汉，在政治部三厅郭沫若先生的麾下用画笔参加抗日。

朱丹伯伯奔赴延安了，"一二·九"学生运动时期他就已经

左起：黄胄、朱丹、李可染、爸爸、李苦禅（李燕摄于一九七八年）。

在党的领导下成了学生领袖。他那个块头，他那个豪爽快乐的性格，在革命队伍中，绝对是个另类。据说，他要不是让毛泽东同志喜欢上了，早就被革命熔炉淘汰八回了。当然，这也是一种传说罢了。

他不是个很会当官儿的人，而是个热爱生活的人。

他的幽默在于自己会享受幽默，从小就给我讲了无数的笑话，有自己编的，也有趸来的。每次都是他自己一边讲一边笑，往往自己笑出了眼泪使笑话不能一次讲完。他不管听众笑不笑，自己先笑好了再说。

哪里有他，哪里就有笑声。

小时候，他最喜欢我。因为我很迟钝，说话很慢，成了他幽默的最佳发挥对象。在哈尔滨，我们两家就住在隔壁，他们家没有孩子，又非常喜欢我，经常给我吃零食，我自然很喜欢去。我那时才四岁，每次他给了什么吃的东西，我都要慢条斯理地问：这是什么？然后学会了一个新的名词。比如，他给我牛肉干，就告诉我这是耗子肉，下回我推门进去，就说：朱丹伯伯，我想吃耗子肉。他笑得昏天黑地，李纳阿姨也笑得很开心，就又给我一小块儿"耗子肉"。

我在他家第一次吃到了起司，不知道那是什么。他问好不好吃，我点点头，问他是什么。他告诉我，这是臭脚丫泥蘸牛奶。我很严肃地点点头。他可是乐不可支，眼泪又出来了。以后我又去，慢慢地说：朱丹伯伯，我要吃脚丫泥蘸牛奶。他和李纳阿姨两口子都笑得喘不过气儿来，我还是平静耐心地等他们笑完以后拿给我吃。

他们看我的样子，一笑再笑。我自己保持严肃，不知道他们怎么那么开心。可能我可以让以冷面著称的李纳阿姨这么大笑，有助于健康，有助于和谐的家庭气氛，所以很受他们两口子的欢迎。

他们和我爸我妈商量，干脆把我送给他们算了。因为我们家孩子太多，而且以男孩子为患。我爸我妈好像没什么意见，就问我，我当时觉得朱丹伯伯不错，可是怎么就会变成我爸爸了呢？我倒不是不愿意，就是不大明白这是怎么回事。我那时候脑子特别迟钝，可能就是这样才得到他们夫妻的青睐。他们看我不甚了然，就让我先认了干爹，慢慢适应，以后再说。

后来进了北京，我住在学校，到了周末回家，有时候就回朱丹伯伯家。那时候从云南来了一个小孩，他的名字叫李小护，比我小半岁，是李纳阿姨家亲戚的孩子，于是朱丹伯伯就有了一个自己的亲儿子，于是我就有了一个弟弟。直到现在我们还是以兄弟相称。后来，我这老弟成了歌唱家，和帕瓦罗蒂一起演唱过。

朱丹伯伯进城以后，在历次运动中就不断地犯错误。

他和别人犯错误不一样，既不是男女关系问题，也不是和金钱或权力有关系。现在想想，似乎他的所有错误就是因为喜欢吃喝玩乐。三反运动，他被以浪费的罪名给运动下来了。按照他的条件，早就可以青云直上，可是他心地善良，还没有心计，所以乌纱虽有，可惜忽大忽小。但是这并不影响他的快乐人生。

那些年的官场飘忽不定，尤其是文学艺术界，简直就是扑朔迷离。有的人官儿越做越大，汽车越坐越小；有的人汽车越坐越大，房子越住越小。反正都有个方向性，他是没准，过一两年就搬一回家，同时换一个单位。上下沉浮，没准儿。

他有事没事都愿意来找我爸妈聊天，因为他了解我爸这人我妈这人，都是和他一样的艺术家，不在乎他那天是坐汽车来的，还是坐三轮来的。尽管性格不同，但是他们在一起聊，一定高兴。他一高升，他一被贬，准来我们家看我爸妈，还一定带来好酒。

25、春光明媚

　　一九五六年，夏季里炎热的一天。那天傍晚朱丹伯伯特别兴奋，带来酒菜在我们家吃晚饭，和我爸我妈一起畅谈。我虽然不知道确切的原因，但也跟着高兴，他一高兴我就有可能得到具体的好处，比如带我去吃饭，比如带我去听相声，看京戏。这是朱老丹高兴之后经常性的节目。

　　后来我才慢慢明白他们为什么高兴，当然主要是因为睡觉以后断断续续听到他们的笑声和交谈。我虽然已经十二岁了，还没有参加他们谈心的资格。好在当时我们家的房子隔音不好，我才能一边用矿石收音机听古典音乐，一边听他们侃山。那时中国的各种房子都隔音不好，甚至中央首长的房子也没认真注意这件事情。不信你到庐山去住住当年属于宋美龄女士，后来毛泽东先生居住过的别墅，上个世纪八九十年代，花三百多人民币就可以入住一晚。那里的隔音和那时候我们家的水平差不离。

当时使他们如此兴奋的话题是关于《万象》杂志的，这个三十年代上海滩的摩登杂志，将以同仁杂志的方式在北京复刊。然后，自然是讨论如何编辑、如何出版。另一个话题是我爸准备响应艺术家职业化的号召，不再继续当教授，也不当文艺官僚了。这就是说，他如今有机会回到自己年轻时代的梦想，成为一个职业艺术家，新时代使他们梦想成真。

做个真正的艺术家，如今没有政治的压迫，也没有经济的困境了，再加上开国后各方面的惯性优势，他们觉得《万象》杂志复刊后，一定要比官方杂志好看得多，发行出去一定销量惊人，我父亲靠编杂志、画画就足可以养家糊口了。

还是姜德明先生的回忆比我细致，他当时已经在全世界发行量最大的《人民日报》供职，现在是北京最有名的藏书家。他在《〈万象〉闲笔》中写道：

> 其实还有胎死腹中的一本《万象》杂志，更是值得一谈。那是发生在一九五六年夏天的故事。当时一部分在思想和艺术上都比较成熟的作家、画家，在"百花齐放""百家争鸣"方针的感召下，经文化部批准，拟办一本图文并茂的综合性文艺杂志，定名为《万象》，并成立了十人组成的筹委会，名单是：吴祖光、郁风、张光宇、张仃、胡考、丁聪、黄苗子、华君武、龚之方、叶浅予。……画家张仃还拟订过一份栏目安排，内容计划。"创刊号"业已编就，其中有：张仃《毕加索访问记》、郁风《衣饰杂论》、吴祖光

《回忆一出最糟糕的剧》、艾青《我写过一首最坏的诗》、叶恭绰《颜鲁公的书法》、曹禺《论莎士比亚》……这在当时是多么吸引人的一些题目。不想一夜之间，反右派的风暴袭来，一份不曾问世的《万象》要目竟变成反党罪证，"二流堂"复活的宣言。……"创刊号"主要作者几乎都被打成右派分子。尽管刊物未能办成，照样可以定罪。我真希望在未来的中国现代期刊史上有人能记上一笔。

的确，如果这期杂志可以出版，那一定会轰动中国。

我爸当时刚刚从巴黎回来，在五十年代的中国，那是一件极其罕见的事情。因为那时候，中国和西方各个强国都没有建交，只有英国在北京有个代办处。

中国艺术家所向往的巴黎，任何人根本没有去访问的可能性。就在一九五六年，世界发生了许多事情。当然，最重要的是苏联多年的政治坚冰开始解冻。当赫鲁晓夫做了秘密报告以后，西方各国的共产党发生了巨大的震荡，很多人都退了党。中国共产党还在研究和观望，中国国内的政治气氛也空前宽松。

就在这个时候，法国正好要在巴黎举办世界博览会，中国也在被邀请之列。这也许是西方和新中国和解的一种试探，也可能是法国的政治和外交政策在变化中。中国的领导层认为，这个阵地我们不去占领，那就是愚蠢。

于是决定派我爸爸去巴黎修建第一个在西方展示的新中国的展览馆。虽然只是一座博览会里那种临时性的建筑物，但这是跨向西方世界的第一步。任命我爸爸为总设计师在当时是很自然的，因为他已经在五十年代多次到国外去设计展览会，在莫斯科、华沙、布拉格、莱比锡举办的博览会和展览会，他都是中国馆的总设计师。

这次中央拍板之后，我爸爸就开始组团。我们的邻居董希文伯伯平时是一个非常严谨的人，为这件事他第一次向我爸爸开口，希望在代表团中有他，哪怕作为一个普通的工作人员。后来才知道，这也不是董伯伯的一厢情愿。这个口风是美院他的上级事先透露给他的，甚至还给了他赵无极先生的地址。如果他能进入这个代表团，到了巴黎就可以有机会和赵无极先生叙旧。

我爸当时不知道美院领导的这个想法，听到董先生的愿望又感动又感慨。一个艺术家对于艺术之都的景仰，绝对是出自内心的。董伯伯一定非常希望利用这次机会，可以去卢浮宫欣赏那些多年来心仪已久的世界名画，就像一个顶尖的武林高手，多么想看看前辈们神仙一样飘逸的足迹。如果董伯伯有这次机会，他一定会在艺术上有许多收获和碰撞，再创辉煌。他是一个悟性高、分析力强，有才干又肯辛勤钻研的油画巨匠，这个机会应该给他。那个时代，没人知道什么时候会和法国建交，这种千载难逢的机会不能让它擦肩而过。

但是，当时文化部和外贸部的领导对这个代表团的想法和美院的不一样，和董希文先生的想法就更大相径庭了。

最后拍板的时候，代表团主要成员当然首先是各个有关方面的领导，然后才是我爸爸当总设计师，还有贸促会的工作人员，展览工作室的人员，同行的只有一位艺术家，是属于北京美协的花鸟画家王雪涛先生。

估计他们觉得去巴黎和西方接触就应该有一个代表民族的中国画画家，所以，董希文先生失去了这个机会。这些决定的确不是我爸的管辖范围，他的确是无能为力的。我也为董伯伯不能前去而惋惜，本来我以为爸爸是可以安排的。后来我渐渐明白，我那个英雄的爸爸，在一定的范围里还可以，超过这个范围，他只能接受别人的安排。

爸爸从巴黎回来，一下洋气了许多。爸爸本来就是一个非常注意仪表的人，他从巴黎带回来的衣服，和从苏联、东欧带回来的衣服大不相同。特别是他带回来的故事，更让我们耳目一新。

他给我们讲，当年在国内的许多有才能的同行，现在还在巴黎画画的人真不少。他们虽然得到了在巴黎自由创作的机会，但是生活多数都十分艰难。他们的处境和我爸爸、妈妈当年在上海、南京的时候差不多。

多数海外艺术家依然在生存问题上苦不堪言，他举了常玉先生为例，说常先生画得非常好，但是经济非常窘迫。他到常先生家做过客，那真是艺术大都会中的清贫一族，和当年他们在上海住在阁楼里的情况几乎没有区别。

潘玉良女士已经到法国这么多年，也还是一个清苦的艺术家。但他们都乐天知命。爸爸给他们传了话，希望他们回国看看，如果喜欢可以留下来为新中国的美术发展共同努力。这番话好像主要是说给张大千听的，但张大千的经济条件还是不错的，他早就有底儿了。从浙江美院去法国的赵无极先生，可以说是这些人里仅有的在法国已经站住脚的，他已经是进入法国当代主流艺术的大师行列中了。

一九四九年以后，这些人第一次见到中国来的官方的艺术代表团，百感交集是一定的。他们兴奋，他们高兴，他们沉思，他们感慨，他们畅谈，无论他们如何选择，都不会影响见到故乡来的同行的那种欢欣。他们一起吃饭，一起喝酒，一起欢笑。

我看他们当年的照片，每个人都笑得和孩子一样。

我仔细看爸爸讲的这些人物，潘玉良这把年纪还剪个整齐刘海儿的娃娃头，瞪着大得吓人的眼睛，那么厚的嘴唇，真把我震晕了。爸爸说，人不可貌相，她可真是艺术界里的性情中人。

张大千当时飘逸的胡子还是黑色的，我想大概他比较像唐伯虎的好友祝枝山。爸爸还告诉我，赵无极很慎重，很低调，开来的车子黑黑的、笨笨的，一点不打眼。只有内行的人才知道，这是好车，也是最结实最安全的车。

当然爸爸也告诉我，他们去法国作家协会主席维尔高尔家里做客，他是著名的长篇小说《海的沉默》的作者。但是，在法国没人给他们工资，这样有名的作家还是要干别的工作养活自己。他和太太在家里用丝网漏印的方式复制高档艺术作品，编号出售。他们参观了这老两口的作坊，对他们这把年纪还这么勤奋地生活，不知该佩服还是该惋惜。

听到这里，我想，要是在中国，这样的作家，国家早就养起来了，让他专心创作，那将会为高贵的文学夺回来多少时间。后来，我又糊涂了，当时的中国养起了那么多的作家，但是，到底出了多少可以传流下来的名著？不行，不能细想，那样会把脑仁子想坏的。

当然，最让爸爸激动的是他去拜访毕加索。

当年在延安的窑洞里，爸爸就在黄土墙上贴过一张毕加索的女人头像。如果是现在，没什么稀奇，连孩子都可以给你讲一大堆关于毕加索的传闻轶事，可那是战争年代，可那是整风年代。我爸这一大怪，居然阴错阳差到了巴黎，居然有机会去拜访毕加索本人，毕加索居然欣然同意。

说实在的，我爸当年要不是瞬间的冲动，决定去延安，就绝不会有今天这样的机会。毕加索知道你是老几？他欣然同意决不是因为知道我爸爸，而是因为他是新中国来的画家，他的背景就是那个正在悄然兴起的东方大国，那就是他的底蕴。

爸爸当然很清楚这一点，他代表中国文化界赠送给毕加索一本齐白石的画册，还有我爸爸自己的画和王雪涛先生的画。本来他自己准备送给毕加索的艺术品是两幅民间传统的"门神"，一张是秦琼，一张是尉迟恭。可惜，领导觉得这不是宣扬封建迷信么，就不许送这个礼了。

毕加索回赠给代表团他自己的画册，同时也特别回赠给我爸爸本人一本他的画册。他要我爸爸把名字的中文写给他看，然后拿起彩笔在画册的扉页写道：送给张仃。"张仃"两个字他还成心用不同的颜色写成。他笑着说，这是我一生中第一次写中文。

他又用彩笔在同一页画下了他那著名的和平鸽。我爸爸非常

一九五六年爸爸在法国南部坎城加里富尼别墅拜会毕加索。

一九五六年爸爸在巴黎宴请旅法中国艺术家，右二为潘玉良，右四为张大千。

爸爸一九五六年从巴黎回来与李可染先生在一起。

高兴，展开自己送给他的那幅水墨山水画，对他说：欢迎你来中国做客，中国的艺术你一定会喜欢。他回答说：我年纪大了，虽然我一直希望去中国，就怕到了中国我又要否定自己，再决定画起中国画了，所以还不能去。说完哈哈大笑。

当然，他的话你不可太认真，他一向就是人生游戏，或者游戏人生。

我看到爸爸带回来的照片中，有许多是毕加索和爸爸开玩笑的照片，一会儿是他戴上了卓别林式的胡子，一会儿是给我爸爸戴上了个大鼻子，来回戴上不同的简单面具。估计他觉得平常照相照得太多了，太没意思了，这样胡闹一下才有些艺术情趣。当时，就连王雪涛先生都像孩子一样戴上了假胡子，他们仨一起合影。

可见，不管是哪儿的艺术家，只要他还在艺术中，那他就是大孩子。

我爸爸的这个故事，一定比我讲的还要丰富百倍，他讲的一定比我风趣。抗战时期在重庆那儿，他讲自己的童年故事，就迷倒了诗人徐迟。徐迟说：太精彩了，你怎么不写啊？爸爸说：我是画画的，陈布文是写东西的，将来让她来写。

姜德明先生的许多散文都是浓缩了历史典故的珍品，当然人的记忆难免有小小的出入。比如一九五六年胎死腹中的《万象》"创刊号"的作者，据我所知，至少张光宇、华君武、叶浅予还有我爸都万幸没有被打成右派。

他们兴致勃勃地聊到深夜，我睡了一觉之后，大概酒过八巡了，三个人开始回忆当年延安的难忘日子。他们不是回忆当年的风采，而是回忆一九四三年的抢救运动。我听见他们的声音，他们不知道我醒来了。

他们那时候真是被整得够呛，现在以过来人的心情，可以幽那时的恐怖一默。

他们哈哈大笑，是啊，那个年代居然会发生那么荒唐的事情，那时是多么的荒诞。可能他们没想到，或者他们不能窥视未来，他们哪里知道北京的一句俏皮话，耗子拉秤砣——大头儿在后头呢！

我听干爹朱老丹和我爸我妈，一边喝酒，一边讲这些陈年旧事，讲他自己当时怎么也被关起来了，就在那个时候他决定了，一定要赶紧向我干妈求婚，要不喜酒还没喝，就不知为什么"光荣"了，这辈子就太冤了。人们说枪子儿不长眼，况且还不知道从哪个方向飞出来的呢。哈哈。在他的笑声中，我又渐渐睡去了……

一九五七年二月，毛泽东先生作了《关于正确处理人民内部矛盾的问题》的报告（原始讲话和后面正式发表的文件有许多不同），北京的知识界、文艺界热烈迎接着"早春天气"的来临。

我爸爸他们为那篇划时代的文件，兴高采烈，忘乎所以。大概我爸和我干爸都认为，新的时代来临了。

正确处理人民内部矛盾，那就意味着过去铁与血的革命时代一去不复返了。那么，艺术家可以开始实现自己的美梦了，当战士的日子结束了，终于可以实现当年参加革命的初衷了。

那是这么多年以来我见过的他们心情最快乐的时候。我爸一高兴就画了一幅彩色漫画《孙悟空跳出老君炉》，他们觉得自己在革命的烈火中已经磨炼够了，如今社会进入理想境界了，应该跳出老君炉，做个真正的自由艺术家了。

　　他们还是笑得太早了。

26、大雅宝周边

一

　　我们大雅宝的孩子们本来的活动地点主要在大雅宝一带，偶尔远涉北总布胡同、孝贤碑胡同一带。

　　我去北总布胡同是因为那里有我朋友的家，就是艾端午家。他爸爸是我爸当年在苏州反省院的难友，艾青先生。他是一位著名的诗人，爸爸对他的诗非常推崇。

　　小学三年级的时候，同班同学王瑞芳的爸爸调到重庆去了，当时我们俩是学校里的铁哥们儿，我就写了一首诗：

　　　　我的朋友王瑞芳，

　　　　告别北京去了嘉陵江。

　　　　嘉陵江上一片雾，

遮住他我眼前路。

尽管我们见不到，

心中的感情山高水长也挡不住。

我在班上一念，立马轰动。大家开玩笑叫我小诗人，我不免得意洋洋，回家就把这个故事告诉我的父母。

等我一本正经把自己的这首"诗"读完以后，妈妈说，孩子，你还不懂什么是诗。我本以为会得到他们的夸奖，没想到挨了这么当头一棒。

爸爸居然在那么忙的时候，有一天，专门找出一个厚厚的本子，本子里都是用细细的麻线装订起来的薄薄的淡黄色毛边纸，封面是用浅灰色的细帆布制成的。

他告诉我，这是在延安时代他自己做的笔记本，里面都是他和妈妈自己抄写的最喜欢的诗。他轻轻翻开快成古董的本子，给我找出来艾青的一首诗，轻声读给我听。那诗从头到尾就是讲述一个小号兵，当他吹起嘹亮小号的时候，可能声音里融入了淡淡的血丝；当他被子弹射中以后，倒在地上，可是在他锃亮的号身上，映照出冲锋的战友和招展的胜利旗帜。

我明白了，这才是诗。诗就是另一种童话。

他们那个本子里，还有普希金的诗、希克梅特的诗等等。

不知有多少个夜晚，好像那时候爸爸又出国了，妈妈就拿出这个本子，轻声读诗给我听。我每次首先点的都是希克梅特的《医生，我的心不在这里》，因为他一个土耳其的诗人，在监狱里写了这样的句子：

> 医生，我的心不在这里，
>
> 它现在在黄河之滨 ……

每次妈妈到这句话，声音就哽咽了。我也眼里朦胧了起来，感觉到他对中国，或者是对真理的爱一直传到我的心底。这种情绪笼罩着我，心里涌起阵阵热流，对他的诗，对妈妈的朗诵，百听不厌。

艾青伯伯可是长得不太像诗人，可能是因为我妈妈一直挂在我床边的是诗人拜伦像，还有后来看到的雪莱像。我以为诗人都必须长成那样才对，至少也得长成马雅科夫斯基那个样子才能写出诗来。

好在艾青伯伯对我很和气，见了我就大笑起来，说：哈，你长大了样子还可以嘛。在延安的时候，他说话又幽默又刻薄。我哥哥小时候又白又胖，他就给他起了"吧啦咋、吧啦咋、煎鸡蛋"的外号。据说那是来自俄国话剧《钦差大臣》里的一句台词。

我妈妈把我抱回来的时候，他掀起襁褓看了我一眼，那时我满脸皱纹，他就说：布文啊，你抱回来的不是个儿子，是个爸爸。

说得我妈妈哭笑不得。看在他诗写得不错的份儿上，也就算了。

艾青也给我送了一个外号——小青蛙。

我到北总布胡同他们家的时候，许多时候是跟爸爸一起去的，先去看艾青伯伯，然后我和艾端午去玩儿。他的姐姐清明也

一九七六年爸爸和江丰（左一）、艾青（左二）在香山。

艾青先生和爸爸在一起（八十年代初）。

和我一个学校，清明比我高一年，端午比我低一年。那时候圭圭和梅梅还都小着呢。

有一次我和端午去放风筝，那是我爸爸刚给我买的，很大的一个黑锅底，爸爸又特地自己给它加了几笔对比强烈的颜色，所以特别精神。端午以为是我爸爸自己做的风筝，因为所有卖的风筝都没这么好看。我告诉他，这是送给他的，他高兴极了。

我们又笑又跑，把风筝放到了云霄。就在最高兴的时候，风筝线断了。我们俩跟着风筝飞快地跑，结果它老兄不慌不忙地飘进了海军大院，我和端午急着想进去找风筝，却被站岗的战士坚决地挡住了。端午一看心爱的风筝变成了解放军的战利品，放声大哭。我当时觉得自己有责任，就去和那个战士理论一番，可人家根本不理我。我只好带着哭哭啼啼的端午回家，见到艾青伯伯赶紧汇报了情况。他无所谓的样子，说：算了，没办法。你们玩别的去吧。

我本来以为他一定会去帮我们要回来，因为那时候他是大名鼎鼎的共和国诗人，似乎在中央很受重视，如果他去要，战士一定会给的。可是，他根本不理这茬儿。这时候我才知道，诗人也不是万能的。

二

后来，从延安起就和我爸不断搭档的吴劳先生，搬到了小雅宝胡同，我才有时候向那个方向运动。我会经常沿着这条街走，先去看吴大刚和吴小鹿，就是吴劳先生的两个儿子。在斗鸡坑的时候，小鹿特别小，好像还不会说话呢。他老戴着一顶很特别的大尖儿帽，给我留下了深刻印象。在北池子那会儿，他们也住在斗鸡坑。他们都比我小，我就是顺便看他们一眼，然后直奔禄米仓。

禄米仓胡同在我们大雅宝宿舍后门外，是一条康庄大道了，我弟弟大伟的托儿所就在禄米仓的路南。妈妈没时间的时候，我会来这里接弟弟回家。那会儿我弟弟就喜欢一本正经地看书，老皱着眉头对各种书籍仔细研究一番。他不爱说话，自己搬个小板凳在黄叔叔家的窗下听古典音乐。

黄妈妈看见后大为吃惊，问：你听得懂吗？

他平静地只说了两个字：好听。

她连忙说：进来听吧。

他也不客气，就搬着自己的小板凳坐在黄家的角落，自己静静地听。这时候要是有人问他什么问题，他基本就听不见了。就是听见了你的声音，也疑惑地望着你，不明白你在说什么。他在音乐里。

黄叔叔哗哗大笑，对我们说，这个孩子像个哲学家似的。黄叔叔家的音乐在我们院儿是头份。那些密纹唱片，黑得像古代美女的头发一样——水光油滑。他小心地托起唱片，记得是莫扎特的，轻轻放在唱机上，再把宝石唱针柔和地托到适当的地方，让它轻轻地软着陆，几乎同时，溢出了优美的提琴声，仿佛直接拉动了你的心弦。而大伟屏着呼吸死盯黄叔叔的这套魔术。黄叔叔在换唱片的时候，舒了一口气说，也许你们知道，托尔斯泰说过，音乐就是一个并不存在的回忆。

大伟似乎此后有了那样一种特权，他任何时候听见黄叔叔家的唱机响了，都可以静静地走进去，听完再静静地走出来。

他们托儿所的对门儿，也就是禄米仓的路北，那里是一个解放军的被服厂，每天都有大队的汽车从那里出出进进。

我小心避开这些车辆，就窜上了南小街。

不知道为什么，我过去的朋友都搬到南小街一带了，掐指一算还真是不少。禄米仓对面是干面胡同，往前走不远，就到了东罗圈胡同，从这里可以一直穿到史家胡同。其实我去看兰兰不用这么绕远，他们家搬到了史家胡同五号，在胡同的东口，我从南小街走可以更近的。

这是因为东罗圈胡同里有一个路西的小红门儿，门上有一小块汉白玉，上面镌刻着"凌宅"两个字。这是我爸的老同学、老难友、老朋友凌子风家。我不是告诉过你吗，我爸和他是张恨水办的美术专科学校的同学。当时我爸个子矮，他个子高，两人互相不认识，但是都知道对方有两把刷子。凌子风当时名字叫凌飞。

一天在校门口，两人狭路相逢，都远远地站住了。我爸大喝一声：凌飞！你画得真不错，咱们交个朋友怎么样？

他应声而道：好，我也正想和你交朋友！

于是，两人就"扑通"一声相对而跪，从此成了把兄弟。

我每次去他家一定可以看到许多新奇的小玩意儿，都是凌伯伯自己做的。他人大心细，培植的小植物我都不知道是怎么种出来的。如指甲盖那么大的小莲花，开在茶杯大的花缸里，深红的莲花旁边还有绿玉般的小小莲叶，这么奇怪的花卉，我在哪儿都没见过，就怀疑他没准儿是个魔术家。

他的大女儿梅子和我姐姐差不多大，小女儿桔子个子很高，比学文学的姐姐活泼多了。小弟弟的名字接着叫凌飞，他比我小。那时我觉得他淘气得很，被爸爸妈妈惯得没形儿了，可是后来在巴黎见到他的时候，已经变得非常稳重，非常成熟的样子。他是巴黎的一个成功的摄影家。

从他们家出来往北走到史家胡同，往东一拐，就是兰兰的新家了，他们院儿是正经的几个套院儿。这里是人民美术出版社的宿舍，前院儿住着邹雅先生，中院儿住着方菁女士，还有安静叔叔一家。

安静叔叔原来在东北画报社当摄影记者。我小时候语言有障碍，说不清复杂的事情，就干脆叫他眼镜叔叔。他脾气好，很喜欢小孩，也很有耐心，老带着我到处去玩儿，给我照了不少照片。

我发现他也住在这个院子里，喜出望外。他现在有了自己的家，没工夫陪我玩儿了，可是对我还那么热情，每次见到我，都要和我聊一会儿。他的太太小侯也是搞摄影的，那时她主要拍的是体育摄影。几年不见他们，已经有了两个女儿，大女儿叫安安，小女儿叫静静。

安安的身体不好，行动不便，成了他们的心病。可是安安自己很平静，很愉悦。我和兰兰也常常和她玩儿。其实我们男孩子本来不喜欢和比我们小的孩子玩儿，尤其是小女孩儿就更没戏

二〇〇〇年的大雅宝胡同

二〇〇二年大雅宝胡同拆迁改造，成为今天的金宝街东段。

禄米仓胡同今貌

了。安安是个例外。

我们要上房够枣，要和隔壁院儿的男孩子打土坷垃战斗，可是如果安安要我们陪她玩儿一会儿，我总会留下来陪她的，和她、静静还有来做客的亚男一起过家家。大概我的童年时代，只有和她们一起安静过片刻，谁让她们的名字就是安安静静呢。

如果出了史家胡同东口，不远的马路对面就是竹竿巷，听说后来改名叫竹竿胡同了。离竹竿巷不远的芳嘉园胡同一进口，有一个不起眼的坐南朝北的小门儿，走进去第一家就是黄苗子伯伯和郁风阿姨家。黄苗子先生是有名的才子，书法家、诗人、画家，他的太太郁风是作家郁达夫的侄女，是个画家。

我爸经常和黄伯伯交换书来读，我就是那个跑腿送书的孩子。

往院子里走，北屋的主人是王世襄先生家，黄叔叔告诉我们，这位王伯伯是北京第一大玩主儿。人家也玩儿蟋蟀，也玩儿蝈蝈过冬的葫芦，可是人家的每件东西，都把玩多年上了层次啦，就连黄叔叔的那些玩意儿都不敢到这里来拔份。

我们玩的那些，不过是低级阶段的顽童把戏。不仅如此，人家王世襄伯伯连桌椅板凳一起玩。每次跟爸爸到王伯伯家做客，事先受到爸爸再三警告，到他家随便什么东西都价值连城，千万要留神，别给人家磕了碰了的。

我想那里一定和阿里巴巴"芝麻开门"的宝洞一样珠光宝气、五彩斑斓了。可是，到了他家举目望去，样样东西都灰头土脸的，看不出一点贵气。他老人家在那里一坐，哪里像一个曾经家藏万贯的富家后裔，哪里像学富五车，像北京第一藏家、第一玩主儿呢？讲起话来，倒是和蔼可亲，如同一位和气的街坊老头儿。我就纳闷儿，爸爸是不是认错门了？

孩子那时候就是两眼空空，就算是你真的走进阿里巴巴的宝洞，照样两手空空、一无所获。因为压根儿没明白，您至少得有眼力架儿，至少还得带上结实的口袋。

再往里走，就是张光宇老先生家了。我们两家搬开以后，爸爸还是经常来看他老先生，爸爸一直把他当作自己的恩师。我每次来看兰兰以后，也会到这里顺便挂角一将。到这院儿里，每次都有所得。这三家总是不会让你空手而归的，或者替爸爸背几本画册，或者帮黄苗子伯伯带回我家一函线装书，或者是听几个永铭在心的典故，或者逮几个叫你难以忘怀的逸闻。

唯一让我略略失望的是临春哥哥现在很少能见到了，他似乎一直很忙，而且也不再临摹迪斯尼的动画人物了。听张家阿妈告诉我，他现在一心研究无线电，而且越钻越深，以后和艺术无缘了。也许他是对的，那个年代选择文学艺术就是选择了一个危险的游戏。

27、大字报

财迷大院是大生子先发现，沙贝正式命名的。这时候实用美术系搬家了，因为在西郊白堆子成立了中央工艺美术学院，所以原来这个系的后院，就剩下了许多七零八碎。

我们这伙土匪常常到中央美术学院去，当时只有三个目的：

一，打乒乓球。

二，看看学校走廊里的各种学生作业和老师的示范作品。还有列宁格勒美术学院学生的示范作品，都是契斯卡克夫学派的经典素描。

三，到财迷大院看看有什么新的宝贝出笼。那里其实已经成了变相的垃圾场，但是仅仅限于废旧物品，没有生活垃圾。

这帮孩子去财迷大院的目的各不相同，各寻各的宝贝。

有一次我居然从废铜烂铁里找到了一块四方的薄金属片，上面镌刻的是"东北画报"四个字，对我说来这是个宝贝，是我当年东北生活的见证。我还和兰兰到这里捡点儿废旧的小块儿木板下脚料，我们开始刻木刻了。因为黄叔叔一天无意中说，很多艺术家都是从木刻开始的，是从版画开始的。

我们俩就决定也如法炮制，开始自己的艺术家生涯。等我们把这些木头拿回兰兰的新居，就是鲁少飞伯伯在史家胡同五号的家里，真的开始一本正经搞木刻了，才发现，就是最简单的图形，刻在木板上，也比画出来要难上百倍。我们看黄叔叔那样轻描淡写地运刀，木屑如雪层层卷起……可到我们手里，就举轻若重、重若千钧了。看来，我们的手劲儿还差得太远，眼力也差着十万八千里呢。这木刻不仅是个艺术创作，也是一种能工巧匠的手艺活儿，我们没训练过的双手，那会儿根本不可能刻出什么像样的东西来。

抓耳挠腮之后，我们决定还是先画漫画，因为至少我们画画还有一点儿基础。我在所有有空的地方开始练习我的漫画人物。我的课本的任何空白的地方，都迅速出现了各种漫画人物，有一个阶段我画的都是踢足球的，另一个阶段又都成了变形动物。那时候，我在北京四中上初一，几乎每堂课上都在画画，不但耽误自己的正规学习，还带着一帮孩子跟我玩这类游戏，和学校的培养目标背道而驰。我不是跟你说了嘛，这孩子糊涂得不可救药。

那天我们本来的目的是去中央美术学院的财迷大院探宝的，沙贝对于寻宝有特殊的敏感，真有了宝贝，他八里地以外就能闻出味儿来。

正当我和大生子在财迷大院儿探宝的时候，沙贝跑过来告诉

一九八二年九月三日老朋友们为鲁少飞先生祝寿。

前排左起：爸爸、胡考、郁风、叶浅予、鲁少飞、蔡若虹、陆志庠、黄苗子。

后排左起：毕克官、方成、丁聪、华君武。

我们，大礼堂现在里里外外都是漫画和大字报。我们几个立刻窜向礼堂，急于看看有什么有趣的东西。

过去住在北池子草垛胡同的时候，就赶上过那么一回。那时候好像是三反运动，据说运动重点是"打老虎"，老虎就是贪污犯。我们小孩子，根本不懂这三反是怎么一回事。

当时，孩子们的理解在歌谣里：

> 猴皮筋，我会跳，
> 三反运动我知道！
> 反贪污，反浪费，
> 官僚主义也反对。

那时候，看到铺天盖地的漫画和大字报，小孩们就兴奋得不行。那些漫画的幽默和说辞，过去是闻所未闻的。过去我们看的漫画多是讽刺打击蒋介石、宋子文、孔祥熙、陈诚、陈果夫等等国民党头面人物，或者是杜鲁门、杜勒斯、麦克阿瑟、艾森豪威尔等美国政治人物的。这些真人长什么样子，我们并不知道。我们平时在生活中见过的人，没人画过他们的漫画像。而这次的漫画讽刺对象都是我周围的叔叔、伯伯，我又糊涂，又兴奋。

李本田先生那时好像担任供应社的社长，供应处的经济当然由他负责。结果，运动一开始，他就被隔离审查了。有一张漫画给我印象很深，叫《戏法人人会变，各有巧妙不同》，画面上画的李本田先生非常像，当然是很夸张的，似乎是在讽刺他不承认自己曾经贪污过。

另一张是讽刺供应社的另一位干部张忠的，画的题目是《张忠不忠》。我看了以后回来兴奋地学着这些画面上的新词儿，正好看见工作组的人把他们两位带到隔壁去问话。

我在院子里高声朗诵这些漫画上的题目，好像自己也成了运动的积极分子。爸爸突然出现，大声喝止我。我愣了，爸爸为什么反对我积极参加运动呢？爸爸说，你不懂，这是大人的政治运动。你玩儿去，不要再看这些东西了。

当时，我一肚子委屈，讪讪地离开。后来才知道，爸爸是对的，最后事实证明这两位叔叔根本没有贪污过，我感到很内疚，都不好意思和他们见面。这才明白，运动的事情，不能跟着起哄。后来，见到这些伯伯、叔叔我非常不好意思，他们却好像根本不记得这件事了。从此我多了一个心眼儿，小孩这时候只能看、不能说，更不能起哄。

后来听说，三反运动在中央美术学院本部比供应社搞得还邪乎。王临乙教授被弄到舞台上去斗争，和延安时代的抢救运动一模一样。我从那时候起，一听到运动就开始紧张。

中央美术学院演节目的大礼堂，也就是我们看美术学院大马戏团的地方，看雕塑剧《世界美术全集》的地方，看李苦禅伯伯唱京戏的地方，过去这里是演绎我们梦境的地方。

可是这时候，像大雅宝中院儿晾衣服那样横七竖八地拉起了麻绳，麻绳上挂满了大字报。那些绳子拉在三四米那么高的地方，大字报像布匹那样垂下来直到地板。大字报作者的书法、造句用词各异，凡是被点到的人名，都用红墨水打上了叉，和前清推出午门的告示一样。这些密集悬挂的大字报，把整个礼堂隔成了迷宫，好像把我们的梦也割开了。

后来听说，那个在大马戏团表演最受欢迎的节目——耍坛子的"大象"，就在这个时候自杀了。我为此非常难过。后来被打成右派的作家李又然和我妈妈说，每个运动都必须有牺牲品。我似乎有些明白了，但是在中央美术学院无论如何也不应该轮上"大象"啊。

礼堂里人们静静地在看大字报，没有人说话，更没有欢笑的声音。我看到了批判油画家李宗津先生的漫画，画面上是他和胞兄协和医院院长李宗恩在唱反党的双簧。我当时就傻了。

李宗恩先生，是在董希文先生和李宗津先生的劝说下，才留下来建设新中国的，怎么现在说拉出来就拉了出来呢？还有批判王逊先生的漫画，他老先生原来是清华大学文科研究所的教授，一到中央美院就是一级教授。

再看那些大字报，很多语言不太懂，只是看到一些被批判的右派学生也不得不开始揭发黄永玉先生的"反动言论"了。最厉害的一条是，在一九五六年波兰、匈牙利反对共产党领导的事件期间，学生说，当时黄永玉先生感慨地说：中国也需要独立思考，也要有表达民意的渠道，否则也会产生社会动荡。我当时吓出了一背的冷汗，心想，这会不会给黄叔叔带来麻烦？

这时候，我突然觉得这里的阳光开始变样儿了，人人的表情都不对了。我开始觉得这些漫画和大字报不好玩了，我看不下去了，就小声叫沙贝咱们赶紧走吧，我看他也是小脸发白。我们就匆匆离开美院回家。我们哪里知道现在才是反右运动的第一波，更大的麻烦还在后面呢。

28、隔壁童话楼

一

这帮孩子每次从美术学院回来，都是兴高采烈，故事还特别多。这次可不一样，好像挨了一闷棍，心气儿都没了。大概是因为大家兴致勃勃去美术学院探宝，结果，看了一通令人窒息的大字报。况且，已经开始有我们大雅宝几个德高望重教授的大字报了。虽然，还不是漫山遍野，可是总有股不祥之兆的劲头儿。真的，连夏日的太阳，也变得昏暗起来了。

回到大雅宝，我们各自都发现，其实每家的家长这些天都开始沉闷了。院子里也没有那种蒸蒸日上的感觉了，大夏天的，可是像一股阴风在微微地吹。我们都感到一阵阵心底发凉，真是山雨欲来风满楼。在这之前我们居然没有发现，今天看了大字报，就看得格外清晰了。

我们这伙天不怕地不怕的孩子，突然都变乖了。

小生子悄悄告诉我，在贤孝碑胡同口的《北京日报》报牌子那里，很多人在看报，对咱们院儿指指点点。我和沙贝赶紧跑了过去，挤进人堆，原来有篇文章在批判董希文先生，说董伯伯在中国人民政治协商会议上发言，攻击了光荣正确的中国共产党。举的例子，根本谈不到攻击二字，牵强附会，莫名其妙。

董伯伯当时的发言，是质疑学校要求孩子们都必须争取加入少年先锋队，按政治表现把孩子分成三六九等，这样不利于孩子健康成长，比如自己的孩子董沙贝就是没能入队，精神压力很大。

看报的人在那里议论纷纷，有人就问这个董希文教授是中央美术学院的，是不是住在大雅宝宿舍里呢？啊，反党分子成咱们邻居了？

我和沙贝互相对视了一下，赶紧跑了回来。坐在沙贝家里，我们一起想，如果邻里有所动作，我们能有什么对策？我们从来没这么强烈的无力感，一时半会儿真不知道能干吗。

沙贝一反过去的活泼，皱着眉头坐在那里发愣。这时候，院子里有人叫他的名字，我们开门一看是袁骥、袁骢两兄弟。他们进来告诉我们，他们中央工艺美术学院已经开始反右派运动了。那边如火如荼，家里都没人管他们了，他们哥儿俩跑来看看我们的情况。

前一个时期，我们大雅宝从杭州搬来的几个教授都搬走了。那时成立了中央工艺美术学院，他们几位都成了那个新学校的教授了。

我们告诉他们，现在中央美术学院的运动刚刚开始，还不知道会有什么结果。

袁骥告诉我们，看来从浙江来的中央工艺美术学院这些教授可能都得打成右派。

我们一听更紧张了，更不知道如果教授被划为右派以后会有什么后果。沙贝对我说，要不咱们去工艺美院看看那里的情况。我想，对啊，至少咱们心里也能有点底儿，这方面的事儿，大人不会告诉我们任何一个字的。

我说：好的，你们等等我，我回去和我妈妈说一声。

妈妈和爸爸正好都在家，他们默默地在看书。我和妈妈说，我要出去玩了，可能不回来吃午饭了。妈妈问我去哪里，我说：去中央工艺美术学院看看大字报。我妈妈说：那可不行，不能去。

我妈妈一向特别讲理，从来不会为这点儿小事而限制我的。我就气鼓鼓地说：我就去。

没想到我爸爸把书重重地一摔，对我说：不许你去，就不要再说了！

那时候我已经是初中二年级，自以为很独立了。也许，我考上北京男四中以后，因为那是北京最好的中学之一，家里对我很优待，格外开恩，天天上学去，胸前戴着四中的校徽，胳膊上别着两道杠，我就有些飘飘然，差点儿不知道自己姓什么了。

我说：告诉你们就是尊重你们，我要不告诉你们自己早就走了。我又不是去打架，不是去财迷大院找宝贝，我去看看大字报是关心形势，算什么了不得的大事啊？你们不让我去，那就是没有道理，我自己对自己负责！

说完我就往外走，我爸爸不知为什么一下气得脸都白了，大声喝道：回来！

我理都不理接着往外走，爸爸一把拽住我的脖领子，愤怒地大喊：你怎么这么混啊？你懂什么？庞薰琹先生的女儿去看了他的一个老朋友，就被说成串通情报，结果，他们都被打成了右派。中央工艺美术学院现在斗争非常激烈，你去凑什么热闹！

我爸把我领子勒得太紧、时间太长，我的眼泪都出来了。我上中学以后，他从来没有这样对待过我，我一肚子委屈，眼泪"哗"地开了闸就止不住了。爸爸轻轻放开我，说：都这么大的人了，还哭？我一咬牙，就愣给憋回去了。

妈妈把我拉到一边，小声地说：孩子，你不知道政治运动是怎么一回事，你就不要给我们添乱了，出去玩吧。千万不要去中央工艺美术学院，也不要去中央美术学院。你就在院子里和小朋友们玩好了，一定要听话。

我点点头，突然明白了：这时候他们和朱丹伯伯讲的延安那个可怕的故事又要来了。我发高烧的时候见到的那个无声无息逼近的庞然大物，那个幻觉中的火车头又来了，那无边的恐惧使我渐渐清醒了。我对妈妈说：我知道了，你们放心好了。

爸爸、妈妈见我的态度转变得这么快，有些诧异。爸爸有些歉意地对我说：你长大了就会明白今天我为什么这么和你急，现在不和你多说了。

我点点头说：知道了，我去玩了。

我跑到沙贝家里，坦率地说：我们家不让我去，你们自己去吧。沙贝知道我们家一向对我管得很严，就说：那我和沙雷去看看，回来咱们再商量。

就在这个时候，小生子急赤白脸地跑来，说：快去看，后门来了许多大学生在贴大字报呢！我们一听，心里一紧，二话没说就以百米短跑的速度一起冲到了后门口的小雅宝胡同。

二

我和你说过，我们大雅宝胡同甲二号的后门是小雅宝胡同六十六号。

我一边跑一边想，可别是中央美术学院的学生来给我爸爸贴大字报。跑出去一看，胡同里挤满了上百名学生，他们别着中国人民大学的校徽，还都拿着纸糊的小旗子。哦，原来他们不是冲我们院儿来的，而是冲我们的隔壁小雅宝胡同六十五号来的。

这六十五号原来是个普通的四合院，不知道让谁给买了。然后，就来了国家的工程队把那个院子给推平了。工程队以很快的速度，在这里盖了一座两层的小洋楼。五十年代北京这样的工程是非常罕见的，以当时的标准来看，这是一座非常漂亮的楼房，在我们胡同里显得特别扎眼，和其他的建筑格格不入。在我们孩子眼里，这简直就是童话里的小楼。

后来就搬来一家人，看来来头不小，谁也不知道那个地方的主人是谁。

因为有解放军站岗，看来是个将军之类的，而且他们出进都使用小汽车，还挂着深色的窗帘。因此，我们和他们邻居了几年，都没看见过那个主人。

我只见过那个院儿的一个和我差不多大的小女孩，有时上学、放学开门的时候可以看见她。她的穿着非常讲究，也非常干净。但是她从来不看我们一眼，也从来不和我们说话。孩子们给她起了个外号叫冰雪公主，其实她就是我童话楼里的小公主，她冰雪不冰雪和我没关系，她还是我心目中的公主。

掌灯的时候，我从学校参加活动回来，看到她的剪影在二楼的窗户前。初中二年级的我，对她充满好奇，不知道她在看什么书，不知道她会唱什么歌，甚至不知道她吃什么饭。于是，她的一切继续神秘着，公主朦胧的影子继续在云雾之中。

中国人民大学的学生们在胡同里刷满了大字报，《揭开反共老手黄绍雄的嘴脸》、《右派分子黄绍雄是右派学生林希翎的干爹》，等等。原来住在这里的是黄绍竑先生，大概那时候认识"雄"字的人很多，认识"竑"字的人很少，所以我们大家以为他的大名就是黄绍雄。

黄绍竑先生原来是桂系重要人物，和白崇禧、李宗仁齐名，担任过广西省政府主席。一九二七年，支持并参与了蒋介石清党的密谋。抗日战争时期，一九三七年担任国民党中央军事委员会第一副部长，主管作战计划。后来任第二战区副司令长官，指挥国民党军队在正定太原一路的抗日防御作战。一九三八年出任浙

"隔壁童话楼"今貌，现在的门牌号码是小雅宝胡同十号。

小雅宝胡同今貌

江省政府主席，他在任内热情接待过中共领导人周恩来到浙江视察新四军部队。

一九四九年一月，国共和平谈判期间，黄先生为南京国民党政府和平谈判代表团成员。四月，随谈判代表团到北平和中国共产党代表进行谈判。后来由国民党和平谈判代表团推定他回南京，劝告国民党当局接受双方代表商定的"和平协议"。

一九四九年八月，他从香港回到北京，九月参加了中国人民政治协商会议第一届全体会议。中华人民共和国成立之后，他历任国家政务院政务委员、中国人民国防委员会委员、民革中央常委兼和平解放台湾工作委员会副主任。

但是，如今这些大学生没有提任何一句他这些历史上的"丰功伟绩"，而是把他当年反共的老底儿都揭了出来。另一方面，他们重点是要挖出他们的右派同学——林希翎的根子，他们认为这个黑根子就是黄绍竑先生。

我们这些孩子，不可能知道这么复杂的历史，只是感到奇怪，这么反动的人物，为什么共产党给了他这么高的待遇？还要有解放军给他当警卫？真是搞不明白。

许多激动的大学生，就开始擂打六十五号的大红门。

"黄绍雄滚出来！黄绍雄滚出来！"他们愤怒地高呼，更加猛烈地擂打那大门。

这个胡同简直就是人山人海，塞满了大学生和看热闹的群众。

突然，大门上的小门轻轻地打开了，人群顿时静了下来。一个解放军班长站了出来，学生们一时不知所措了。一个学生头头走了上来，对那个军人说：

我们要进去把黄绍雄拉出来批判，你应该站在人民一边。

那个军人客气但是冷静地说：

他不在家，出去开会了。再说，这所房子是国家的公共财产，你们的革命热情我可以理解，但是希望你们要爱护公共财产。我们的任务是保证这所房子的安全和完整，希望你们配合我们的工作。

说完，就进去关上门了。

那个学生领袖冷静了一些，但是还不甘心，就对那些学生说：

同学们，我们就在这里等他回来，不抓到黄绍雄誓不罢休！

誓不罢休！誓不罢休！

学生们热烈地呼应着。我们孩子跑来跑去，不知道今天这出戏，会怎么收场。

就在这个时候，一辆黑色的小汽车开了过来，学生们立刻兴奋无比，潮水般地涌了过去。他们朝那个小车高速地挥舞着手中的小旗子，高呼着口号。汽车缓慢了下来，我探头一看汽车里坐的是我干爹朱老丹。我们几个孩子都认识他，就齐声大喊：你们弄错了，这不是黄绍雄，你们弄错了。

学生们一愣，我看朱丹伯伯连连对汽车司机挥手，要他赶紧开走。

汽车绝尘而去。我知道，他一定是让司机绕道走我们大雅宝胡同宿舍的前门了。

学生们一下又泄了气，有些人喊累了，就靠在墙根儿坐下来休息。

这时候凄厉的救护车的鸣笛从远处传来，一辆白色救护车急速开来，人们纷纷闪开，就连激动的学生也都傻了。救护车开到门口，军人们麻利地打开大门。救护车冲了进去，大门又迅速关上。

沙贝说了声：上！

我们几个孩子调头，回到我们院儿，若干秒以后，我们都爬到房顶上了。

救护车就停在院子中间，几个穿白大褂的医务人员冲进了小楼。一会儿，他们抬着担架出来了，一个老人面色苍白、人事不省地躺在担架上。我的冰雪公主，今天也苍白如纸。她抬起眼来似乎看到了我，但是，又似乎没看到我，她的目光透视而过。我的脸也煞白了。一个老太太拉住她的手，静静地站在路边。整个过程没有人说一句话。他们家的一个年轻人匆匆跳上了车，车门一关，救护车又凄厉地叫了起来。

大门一开，救护车冲了出去。这次居然没有一个大学生去阻挡那辆救护车，他们惊愕地站在那里，看那救护车迅速地消失了。

大门没有关，那个军人再度站出来，说：人已经自杀了，你们可以回去了。

大学生领袖和其他人没有再说什么，默默收拾东西，集合队伍。周围的百姓和我们这些孩子，也没有人说话，默默看他们走了，也就四散了。我们都被这个场景深深地震动了，谁都没来得及有任何反应。

我回到家里，家里也静得出奇。

朱丹伯伯和爸爸、妈妈在里屋小声说话，和不久前我干爹来轰轰烈烈、笑声贯云的情景相比，简直是天上地下。我知道，这个不祥的宁静，也许预示着暴风雨就要来临了。

也就在那个夜晚，和我们家一墙之隔的沙贝家上演着更加压抑的场景。家里已经熄灯了，沙贝的父母静坐在黑暗里，久久不去安睡。董希文先生的中山装还没脱，靠在床背上默默地吸烟。只有那烟头在黑暗中，时明时灭。他轻轻地说：明天，叫孩子们不要去中央美院看大字报了，唉，我这个父亲还是要当的……静默了一会儿，沙贝妈妈说：你千万不要想不开，你走了，我和孩子们怎么办？

黑暗中的沙贝听到这儿，心就提了上来，听着听着眼泪流出来了，他忍住了抽泣，让那泪水静静地流淌……

三

人们说我们大雅宝是风水宝地，人们真没说错。

在这个时代大风暴中，每个人的命运真是无法预测的。

我爸爸是那个企图复刊出版的反动刊物《万象》的主要参与者，还担任了召集人，并且编纂了第一期的栏目，自己还写了文章，还画了画。如果要打他一个右派，材料是足够的。

但是，历史是许多必然和许多偶然的重叠，尤其是中国现代史更加不可预计。

当人们都认为，我爸爸必定是板上钉钉的右派了，连《人民日报》的姜德明先生都以为我爸爸早就打成右派了，突然，上级决定，要我爸爸立刻走马上任，担任中央美术学院反右领导小组的组长。

中央美术学院的一些老教授，以为我爸爸一定是个官场的权术高手、老手，在复杂的斗争漩涡中推翻了江丰先生，夺取了这个运动的领导权。

他们哪里知道，在无产阶级专政下的政治游戏，可不是那么简单的一种故事。江丰先生自己也知道其中的复杂，毛泽东亲自点他名字要把他打成右派，这是下面谁都没办法想明白的事情。后来，一直到"文革"以后，江丰先生都是我爸爸的好朋友。

而这个运动游戏，还必须要一个符合这样标准的人，来当头头。这就是必须要一个从延安来的人当领导，当时就阴错阳差，我爸爸让人家一把从悬崖边上给拉回来，还推上了领导地位。这一切都是上级的安排。连按照比例打多少右派，也都是上级要求的。中央美术学院和其他单位一样，右派必须要有一个百分比，于是，就有一些老师和学生被打成了右派。

从历史来看，我父亲应该对此承担多大的责任，这我不知道。这要后人来评说，如果他们有了更翔实的材料，有了更深入的研究。

爸爸、姐姐和我们五兄弟（一九九四年）

我只知道，大雅宝是个风水宝地，一九五七年我们大雅宝这个院子，居然没有出一个右派。被打成右派的教授彦涵先生、袁迈先生等，在我们这群大雅宝的孩子们看来，这都是由于他们搬出了我们大雅宝。他们真不应该离开这个风水宝地。

　　事实是所有当时还住在大雅宝的教授，没有一个被打成右派。按照当时上级要求的比例数字，这简直是不可能的，简直是个奇迹。

　　那里就是风水宝地，就是一个发生童话的地方，讲述童话的地方，继续发展童话的地方。

　　这就是我们的大雅宝。

　　我怀念所有在大雅宝生活过的人，那个一去不复返的童话年华。

　　我甚至怀念昔日的隔壁童话楼，那个白发老人和那个童话里的公主。

后　记

在本书的初版序言中，我曾经不太庄重地允诺，计划以后续写"八大胡同"。这些年过去了，还是只有这一条老胡同，实在汗颜。

写这本书的时候，觉得一一写来不太难，或许说，坚持一步一步，笔耕不辍，应该写得出来。人算不如天算，这些年来，几乎所有大段休息的时间，都是无法写作的。要么我在生病，要么他人生病，而其他时间却在上班。

本以为，我是个老师，总可以有业余时间。

不料在次贷危机后，美国政府的工作强度越来越大，和卓别林的《摩登时代》极其相似，我们变成了生产线上从事机械劳动的技术工人。每天坐班八个小时四十五分钟，上下班打卡。五个小时在课堂授课，三个小时备课，四十五分钟午饭时间。每天还要在高速公路上开车两个多小时。这是我这辈子最辛苦的一份工作，不可能有业余写作了。

在女儿和亲友们的劝说下，今年终于毅然退休了。于是，就开始还愿。有些出版社对我的书有兴趣，不需要我自己掏钱印书，很不错了。那我就得认认真真，好好干活儿，先把几本胡同的书，给慢慢完成吧。

《大雅宝旧事》和我过去写的文字不太一样，是我的文字尝试方面，走出新的一步，可能和自己心态的变化也有关系。在这本书里，讲了许多童年时代的朋友，我们有共同的回忆，共同的故事，共同的梦。

初版以后，董沙贝、董沙雷、董一沙、袁骥、袁骢、袁珊、祝重寿、李燕、李小可等当年的朋友，以不同方式给予鼓励。现在，又对我修订这本书给予多方支持。例如，董沙贝为这本书画了两幅油画插图；李燕让女儿帮我找来难得的照片；李小可建议我们应该用这个由头，建立一个大雅宝孩子们的联谊机构……当年大雅宝胡同甲二号的孩子们，继续做着童年的梦。

喜欢写书和看书的人，都有各种的梦。希望我们还有足够的健康，足够的时间，足够的热情，渐渐造出更多的梦。

二〇一一年五月